Pferdestarke girls

Marlene Jablonski

Pferdestarke girls

Hexen, Herzen, Pferdeträume

KOSMOS

Umschlaggestaltung von Ina Biber, München,
unter Verwendung einer Illustration von Sylvia Wolf, Wiesbaden
Innenillustrationen von Sylvia Wolf

Für Susanne, meine Pferdeexpertin

Bibliografische Information der Deutschen Nationalbibliothek
Die Deutsche Nationalbibliothek verzeichnet diese Publikation in der Deutschen Nationalbibliografie; detaillierte bibliografische Daten sind im Internet über http://dnb.ddb.de abrufbar.

Dieses Buch folgt den Regeln der neuen Rechtschreibung.

ISBN 978-3-440-10822-2

Redaktion: Claudia Steinke
Gestaltung: Ralf Paucke und Tatyana Momot
Layout: DOPPELPUNKT Auch & Grätzbach GbR, Stuttgart
Produktion: Ralf Paucke
Printed in the Czech Republic/Imprimé en République tchèque

Hexen, Herzen, Pferdeträume

1. Kapitel, In dem ich schweißgebadet aufwache

Im Galopp düsen Marengo und ich über die Lichtung im Wald. Die warmen Sonnenstrahlen erhellen alles in einem weichen Licht. Ich atme ganz tief ein und rieche endlich den Frühling, der dieses Jahr so lange auf sich hat warten lassen.

Die ersten Maiglöckchen strecken ihre Köpfe der Sonne entgegen. Ich schließe meine Augen und bin einfach nur glücklich, bis ... ja, bis ein schreckliches Unglück passiert.

Auf einmal läuft irgendetwas schief. Ehe ich überhaupt begreifen kann, was eigentlich passiert, stürzt Marengo, und ich falle von seinem Rücken.

Nach einer unsanften Landung auf dem Waldboden setze ich mich benommen auf und schaue sofort zur Seite.

„Marengo!" Ich raffe mich schnell auf. Besorgt laufe ich zu meinem Liebling, der regungslos am Boden liegt. Tränen schießen mir in die Augen. „Marengo", wiederhole ich seinen Namen fast flüsternd, als ich mich neben ihm hinknie. „Komm, steh auf", flehe ich schluchzend, worauf Marengo laut schnaubt. Verzweifelt versucht der Wallach, auf die Beine zu kommen. Seine Augen rollen nervös in den Augenhöhlen. Immer wieder schnaubt er tief und gequält. „Was ist denn los, mein Schöner? Was hast du denn?" Ich streichle ihm zärtlich über den Hals. Und schließlich gelingt es meinem Rappen, auf die Beine zu kommen.

Ich wische mir die Tränen aus dem Gesicht und lächle schwach. „Komm." Ich ziehe ganz vorsichtig an den Zügeln. Doch Marengo reagiert nicht. Er bewegt sich nicht vom Fleck. „Na, komm, mein Schöner", wiederhole ich flüsternd, worauf Marengo mir folgen will. Bloß schafft er nicht einen einzigen Schritt. Er wiehert laut auf und bewegt seinen Kopf auf und ab. „Hast du dich etwa verletzt?" Besorgt nehme ich Marengo unter die Lupe. „Dein Bein. Du blutest ja!"

Mit zitternden Fingern hole ich mein Handy aus der Jackentasche. Ich wähle Rolfs Nummer.

„Jetzt heb doch endlich ab!", zische ich weinerlich in den Hörer. Dabei lasse ich Marengo keine Sekunde aus den Augen. „Es wird alles wieder gut!" Ich streichle ganz sanft über seinen Hals, der total nass geschwitzt ist. In diesem Moment höre ich endlich Rolfs Stimme am anderen Ende der Leitung.

Nachdem ich ihm kurz erklärt habe was passiert ist, meint er: „Bewegt euch nicht vom Fleck. Ich bin gleich da."

Keine zehn Minuten später kommt er zusammen mit dem Tierarzt angefahren. Sie springen aus dem Auto und eilen auf uns zu.

Während der Tierarzt sich sofort Marengo zuwendet, legt Rolf tröstend beide Hände auf meine Schultern.

Die ganze Situation erinnert mich schwer an Leo und Sunny. Vor nicht allzu langer Zeit musste sich der Arzt auch um Leos Isländer kümmern. Er hatte im Wald etwas Giftiges gefressen und eine Kolik bekommen. Genau wie ich jetzt, ist Leo vor Sorge um ihren kleinen Liebling fast krank geworden.

„Er hat sich das Bein gebrochen", stellt der Arzt mit ernster Miene schließlich die Diagnose und holt mich damit aus meinen Gedanken.

„Was?!“ Entsetzt reiße ich die Augen auf, die voller Tränen sind.

„Es tut mir leid, Pia.“ Der Arzt schaut mich aus traurigen Augen an. „Aber wir können nichts mehr für ihn tun. Es ist ein Trümmerbruch am Kniegelenk“, sagt er und holt eine Spritze aus seinem Arztkoffer. Beim Anblick der Spritze zieht sich in mir alles zusammen. Die Tränen bannen sich unaufhaltsam ihren Weg aus meinen Augen. Von einer Sekunde auf die andere bricht eine Welt für mich zusammen. „Wir können ihn jetzt nur noch von seinem Leid erlösen.“ Der Arzt setzt die Spritze an Marengos Hals an.

„Neeeiiin!!!“, schreie ich aus voller Kehle und wache schweißgebadet auf. Mit wild pochendem Herzen schaue ich mich in meinem Zimmer um. Die Angst und Sorge um Marengo steckt mir noch ganz tief in den Knochen. Ich wische mir den Schweiß von der Stirn und die Tränen aus den Augen und schnappe hastig nach Luft.

„Es war alles nur ein Traum. Nur ein böser Traum“, versuche ich mich selbst zu beruhigen. Dabei weiß ich immer noch nicht, ob ich weinen oder lachen soll.

„Ist alles okay?“ Meine Mutter stürmt in mein Zimmer. „Ich hab einen lauten Schrei gehört.“ Sie setzt sich zu mir aufs Bett und schaut mich besorgt an.

„Ich hab nur schlecht geträumt“, erkläre ich.

„Und? Konntest du deinen Albtraum mit deinem Gekreische vertreiben?“ Meine Mutter grinst über ihren eigenen Witz. Doch als sie sieht, dass ich keine Miene verziehe, legt sie eine Hand auf meine Schulter und drückt mir ein Küsschen auf die Stirn. „Du zitterst ja. Ist auch sicher alles in Ordnung, mein Schatz?“ Ich nicke und schwinge meine Beine aus dem Bett. „Na, gut." Meine Mutter schaut mich prüfend an. „Dann gehe ich jetzt wieder zurück an die Arbeit." Sie steht auf. Liebevoll fährt sie mir durch die Haare, bevor sie dann das Zimmer verläst.

Ich schnappe mir meine Klamotten, die über der Stuhllehne liegen, und ziehe mich an.

Es dauert noch eine ganze Weile, bis ich mich restlos von meinem Albtraum erholt habe, mein Puls sich schließlich beruhigt und ich wieder einigermaßen entspannt durchatmen kann. Doch vollkommen ruhig werde ich erst sein, wenn ich Marengo gesehen habe und ich mir ganz sicher bin, dass es ihm auch wirklich gut geht.

Als ich kurze Zeit später in der Küche eilig mein Müsli löffle, um mich so schnell wie möglich auf den Weg zum Reiterhof und damit zu Marengo zu machen, taucht wieder meine Mutter auf.

„Und? Hast du dir etwas Besonderes fürs Wochenende vorgenommen?", fragt sie, während sie Wasser aufsetzt, sich eine große Tasse aus dem Schrank holt und lässig einen Teebeutel hineinwirft.

„Ich will gleich zum Reiterhof", nuschle ich mit vollem Mund und löffle fleißig weiter.

„Klar. Wie könnte es auch anders sein?", sagt sie mit einem gekünstelten Lächeln, schnappt sich den Wasserkocher und gießt heißes Wasser über den Teebeutel.

„Ist was mit dir?", unterbreche ich das Schaufeln meines Löffels.

„Wie kommst du denn darauf?" Meine Mutter fängt an, laut zu lachen. „Es ist alles in bester Ordnung." Sie schnappt sich die Tasse und grinst übers ganze Gesicht. „Ich wünsche dir viel

Spaß. Grüß Leo und Sophie von mir, wenn du sie auf dem Reiterhof siehst", sagt sie fröhlich.

„Okay, mach ich", murmele ich und schaue etwas verwirrt meiner Mutter hinterher, als sie die Küche verlässt.

Irgendwie benimmt sie sich doch seltsam. Was hat sie denn bloß? Hm. Vielleicht ist ihr ja die Kirschbrause ausgegangen.

Meine Mutter ist abhängig von dem süßen Zeug. Sie braucht Kirschbrause wie die Luft zum Leben – und zum Arbeiten. Nicht dass Kirschbrause nicht unverzichtbar für den Beruf einer Illustratorin wäre, aber ohne geht bei meiner Mutter nun mal so gut wie gar nichts. Das ist so ähnlich wie bei mir und den Pferden. Ich kann einfach nicht ohne diese Tiere. Und ganz besonders nicht ohne Marengo.

Bei dem Gedanken an den Rappen huscht ein breites Lächeln über mein Gesicht. Ich räume schnell die leere Schüssel und den Löffel in die Spülmaschine, laufe in den Flur, ziehe Jacke und Schuhe an und verlasse das Haus.

Draußen stolpere ich über Salvatore. Genauer gesagt über seine Beine. Denn der Oberkörper liegt unter dem Auto, das aufgebockt ist.

„Was machst du denn da?", flöte ich, worauf ein dumpfer Knall zu hören ist.

„Aua!", schreit Salvatore laut auf. „Merda! Das wird eine riiiesssige Baule!", regt er sich auf.

„Beule."

„Sí. Sag mal, kannssst du mir kurs elfen?"

„Erstens heißt es kur***z*** und zweitens ***h***elfen", berichtige ich ihn und gehe neben seinen Beinen in die Hocke.

„Sí. Gib miiir mal biite den Schraubenverdreher." Er streckt mir seine Hand unter dem Auto entgegen. Sie ist ganz schwarz und ölig „Iisst in Werkzeugkoffer." Salvatores schwarzer Zeigefinger deutet auf einen roten Metallkoffer, der neben einem der Vorderreifen steht.

Ich beuge mich zu dem Koffer vor und wühle, auf der Suche nach dem Schraubendreher, zwischen all dem Werkzeug herum.

Salvatore wackelt ungeduldig mit den Fingern und wartet darauf, dass ich ihm endlich das gewünschte Werkzeug in die Hand lege. Leider kann ich den Schraubendreher nirgends erspähen.

„Iih wollte Schraubenverdreher gerne noch heute."

„Jaja, ich weiß. Aber hier gibt es keinen Schraubenverdreher – äh, ich meine, Schraubendreher."

„Muss sein."

Ich durchforste jeden Millimeter des Werkzeugkoffers. Doch von einem Schraubendreher ist einfach nichts zu sehen.

„Tut mir leid, aber hier ist kein Schraubendreher."

„Wenn ich sage ist, dann ist – aaaaah, ier ist." Salvatore zieht seine Hand wieder ein, und eine Sekunde später höre ich ihn fleißig rumschrauben.

Ich fasse es nicht. Der hatte den blöden Schraubendreher die ganze Zeit bei sich und es anscheinend bloß vergessen. Typisch Salvatore. Ich schüttle meinen Kopf und verdrehe die Augen. Dann lege ich beide Hände auf die Knie, stütze mich ab und stehe langsam wieder auf. Gerade, als ich mich aufrichte, läuft auf einmal eine schwarze Brühe unter dem Auto hervor.

„So eine Sssauerrei!!!", ruft Salvatore und kommt schnellstens unter dem Auto hervor.

„Verfixte Aufabölschraube!", ärgert er sich.

„Das heißt Ölablaufschraube", verbessere ich ihn wieder und

lache mich über den durch und durch ölverschmierten Salvatore schlapp. Er fischt ein Tuch aus seiner Brusttasche und wischt sich damit das Gesicht ab. Nur zu blöd, dass das Tuch auch mit dem Öl vollgesogen ist und Salvatores Gesicht nicht sauberer, sondern sogar noch etwas dreckiger wird.

„Vielleicht solltest du das einen Mechaniker machen lassen", pruste ich.

„Ich brauche keinen Meckaniker, um miiir das Auto vermasseln zu lassen. Ich bin ein Handwerker …"

„Und kriegst das wunderbar alleine hin, stimmts?", falle ich Salvatore lachend ins Wort und beende seinen Satz.

„Stimmt!", sagt er entschlossen und wird sogleich nachdenklich. „Ähm …" Er kratzt sich verwirrt am Hinterkopf.

Jemand, der Salvatore nicht kennt, könnte glatt denken, dass er etwas unterbelichtet ist. Das ist Salvatore aber ganz und gar nicht. Er hat nur einige Schwierigkeiten mit der deutschen Sprache.

Salvatore kommt aus Italien und spricht nicht besonders gut deutsch – auch wenn er mittlerweile schon viel besser geworden ist.

Er ist nun seit etwas mehr als fünf Jahren in Deutschland und arbeitet hier als Handwerker. Und genau diesem Beruf haben es Salvatore und meine Mutter auch zu verdanken, dass sie sich kennengelernt haben.

Nach der Trennung von meinem Vater wollte meine Mutter sich nicht so schnell wieder auf eine Beziehung einlassen. Aber da hat ihr Salvatore einen Strich durch die Rechnung gemacht. Und ehe meine Mutter sich versah, hatte er ihr nicht nur den Abfluss repariert, sondern auch noch den Kopf verdreht. Heute sind die beiden verheiratet und immer noch so glücklich wie am ersten Tag.

Anfangs war ich gar nicht begeistert von ihren Tête-à-Tête. Denn eigentlich hatte ich immer noch gehofft, dass meine Eltern wieder zusammenfinden würden. Dass mein Vater meine Mutter liebte, das war ganz klar. Bloß waren die Gefühle meiner Mutter irgendwie erkaltet. Ich dachte, man müsste sie nur wieder aufwärmen und die Sache wäre geritzt. Doch dem war leider nicht so.

Ich glaube, meine Mutter war schon zu lange unglücklich, als dass mein Vater noch etwas hätte daran ändern können. Ich meine, selbst wenn er gewollt hätte, er hätte es dennoch nicht geschafft, sich zu ändern.

Es war die Zeit, die meine Eltern schlussendlich auseinandergebracht hat. Die fehlende Zeit.

Mein Vater war und ist Reitlehrer in Düsseldorf. Seine gesamte Zeit ging für die Tiere drauf. Meine Mutter kam sich immer vernachlässigt vor. Sie hat sich wirklich große Mühe gegeben, es vor mir zu verheimlichen. Sie hat versucht, ihre Trauer und Unzufriedenheit zu überspielen. Aber ich war nicht blind.

Manchmal, nachdem sie mich ins Bett geschickt hatte und mein Vater wieder Mal einen Notfall bei den Pferden hatte, saß sie stundenlang alleine im Wohnzimmer oder in der Küche. Und das im Dunkeln. Ich glaube, sie wollte so vermeiden, dass ich sie weinen sah, wenn ich mal aus meinem Bett gekrochen kam. Und ihr Plan war auch aufgegangen. Ich habe meine Mutter nie weinen sehen. Ich habe sie bloß immer gehört.

Meinem Vater ist es auch nicht entgangen. Und ich weiß, dass es ihm das Herz gebrochen hat, meine Mutter so unglücklich zu machen. Bloß konnte er irgendwie nichts dagegen tun – auch wenn er es wollte. Seine Pferde waren ihm schon immer das Wichtigste.

Und ich kann ihn sehr gut verstehen. Schließlich empfinde ich genauso wie er. Diese Gemeinsamkeit war auch sicher der Grund, weshalb ich mich von meinem Vater nie vernachlässigt gefühlt habe. Jedenfalls nicht richtig.

Er hat mich wann immer er konnte mit zum Reiterhof, zu Turnieren und irgendwelchen anderen Auftritten mitgenommen.

Mein Vater und ich, wir haben uns immer gut verstanden. Das tun wir auch heute noch. Wir telefonieren regelmäßig miteinander und sehen uns auch recht oft. Zwar nicht mehr so oft wie vor dem Umzug hierher, aber ich hab mich mittlerweile damit abgefunden. Einfach war es jedoch nicht. Als Salvatore dieses alte Fachwerkhaus gekauft hat, hat meine Mutter unsere Koffer gepackt, und wir sind hergezogen. Beim Anblick der alten Bruchbude, die Salvatore gekauft hat, habe ich anfangs nicht geglaubt, dass man hier wirklich irgendwann wohnen könnte. Aber mittlerweile geht es ganz gut. Salvatore hat sich, was die Renovierung angeht, ganz schön ins Zeug gelegt.

Als Erstes hat er mein Zimmer hergerichtet. Er hat die alten Balken freigelegt, die Holzdielen abgeschliffen und lackiert, die Wände neu verputzt, tapeziert und sogar gestrichen. Und so arbeitet er sich nun Raum für Raum durch.

Alles in allem wird die Arbeit an diesem Haus sicher noch eine halbe Ewigkeit dauern. Aber es lohnt sich. Mit jeder Woche sieht es besser und besser aus.

Komisch ist das aber schon etwas. Denn Salvatore hat eigentlich zwei linke Hände. Eine Handwerkerkatastrophe jagt die nächste. Und trotzdem – am Ende kriegt er doch alles irgendwie gebacken. Er hat dann zwar meistens unzählige harmlose Verletzungen, aber das Ergebnis seiner Arbeit ist stets tadellos. Na ja, meistens jedenfalls. Bei der Sache mit dem Auto sehe ich allerdings schwarz. So schwarz wie Salvatores ölverschmiertes Gesicht.

„Hier."

Ich reiche Salvatore ein sauberes Taschentuch.

„Grazie", bedankt er sich. Doch anstatt sich damit das Gesicht sauberzumachen, holt er den Ölmesser aus dem Auto und reibt ihn sauber. Dann steckt er den Messer wieder in den Öltank, holt ihn erneut raus und meint: „Leer. Das Öl ist alle."

Ich verdrehe meine Augen. „Was du nicht sagst", erwidere ich mit einem Blick auf den riesigen Ölfleck auf dem Boden.

Während Salvatore sich wieder an die Arbeit macht, schließe ich mein Fahrrad auf, das an der Hauswand lehnt, gleich unter dem Fenster meiner Mutter.

Dabei schaue ich zufällig durch die Glasscheibe. Meine Mutter sitzt an ihrem Schreibtisch, auf dem das reine Chaos herrscht, und stiert verzweifelt auf ihre Zeichnungen hinunter. Dann schüttelt sie ihren Kopf, schiebt die Arbeit beiseite und sucht nach etwas. Sicher nach Kirschbrause. Ha! Wusste ich es doch.

Sie schnappt sich eine Brauseflasche, gießt sich ein Glas ein und trinkt es in einem Zug aus. Dann will sie sich ein neues Glas einschenken, doch die Flasche ist leer. Sie macht ein grimmiges Gesicht und greift nach einem Stift. Den führt sie ein paarmal übers Papier, schmeißt ihn dann zur Seite, schnappt sich das Blatt Papier, zerknüllt es und wirft es in den Mülleimer, der schon aus allen Nähten platzt.

„Sag mal, Salvatore, hast du auch das Gefühl, dass Mama sich heute etwas seltsam verhält?“

„Sie ist eine Frau“, antwortet Salvatore, ohne seine Arbeit am Auto zu unterbrechen.

„Und?“

„Na, die verhalten sich doch immer etwas seltsam.“ Er schaut mich an. „Außerdem ist deine Mama Kunstlerin. Und Kunstler sind *alle* irgendwie komisch.“

„Hm. Vielleicht hast du ja recht.“ Ich werfe noch einen Blick durchs Fenster. Anscheinend hat die Brause angefangen zu wirken. Meine Mutter sieht mit dem ganzen Zucker im Blut auf einmal wieder viel ruhiger und entspannter aus.

Ich zucke mit den Schultern und schwinge mich aufs Rad.

„Ciao, Salvatore“, rufe ich und trete kräftig in die Pedalen.

Auf dem Weg zum Reiterhof freue ich mich so sehr auf Marengo, dass ich meine Mutter und ihr etwas seltsames Verhalten schnell vergessen habe.

Marengo. Als ich den Rappen kennengelernt habe, war das kurz nach unserem Umzug hierher. Es war Freundschaft auf den ersten Blick. Na ja, wenn ich ehrlich bin, dann hatte ich noch nie Probleme damit, Freundschaften zu schließen. Jedenfalls nicht mit Pferden.

Mit Menschen ist das etwas anderes. Nehmen wir zum Beispiel Leo und Sophie, meine mittlerweile allerbesten Freundinnen. Dass ich die beiden kennen, lieben und auch manchmal hassen gelernt habe, habe ich nur Pferden zu verdanken. Denn durch diese wunderbaren Tiere sind wir uns überhaupt erst nähergekommen. Anfangs war das alles andere als Freundschaft auf den ersten Blick.

Bei Leo und mir war es ein Lachkrampf auf den ersten Blick. Ja, Leo hat sich über mich halb schlapp gelacht. Und ich? Ich wäre damals am liebsten vor Scham im Erdboden versunken. Ich meine, wer sagt denn, dass es nicht womöglich doch irgendwo Pferde gibt, die sprechen können, hä? Okay, zugegeben, es war schon ganz schön blöd von mir, zu denken, dass Marengo wirklich mit mir gesprochen hat – und zwar in Menschensprache. Noch dazu mit einer Mädchenstimme. Aber viel blöder war es, dass Leo mich dabei erwischt hat.

Bei Sophie war es ganz anders. Die ist nicht erwischt worden. Wäre es aber beinahe. Und zwar von den Vorderhufen ihrer Stute, Aurora. Ich konnte Sophie gerade noch rechtzeitig beiseiteschubsen und retten. Doch wer glaubt, dass wir von diesem Moment an die besten Freundinnen waren, der irrt ganz gewaltig. Wir waren keine besten Freundinnen. Oh, nein! Wir waren blöde Kuh und arrogante Zimtzicke. Glücklicherweise haben wir dann irgendwann die Kurve gekriegt und wurden richtig tolle Freundinnen. Doch bevor es so weit war, ist noch eine ganze Menge passiert.

Lange Rede, kurzer Sinn: Leo, Sophie und ich sind einfach unzertrennlich! Und das nicht zuletzt wegen unserer größten Gemeinsamkeit – den Pferden.

Im Gegensatz zu mir besitzen Leo und Sophie eigene Pferde. Na ja, ich darf mich wenigstens um eins kümmern. Das ist wirklich auch eine Menge wert. Und irgendwie fühlt es sich so an, als würde Marengo mir gehören. Auch wenn er mir nur in meinen Träumen richtig gehört.

Marengo ist so ein wahnsinnig tolles Pferd. Und auch wenn er nicht mehr der Jüngste ist, einer der Liebsten ist er allemal.

Sein Fell ist so schwarz wie die dunkle Nacht, und seine Augen sind so tief wie das Meer. Schon beim bloßen Gedanken an diese Augen wird mir ganz schwummerig.

„Hey, Pia!", höre ich auf einmal jemanden meinen Namen rufen. Ich schaue zur Seite. In einem Affenzahn kommt Josh auf mich zugeritten. Josh ist Leos Cousin. Zusammen mit seiner Mutter und seinem Stiefvater wohnt er in der Stadt. Trotzdem verbringt er die meiste freie Zeit auf dem Reiterhof seines Vaters Rolf. Genau wie auch meine Eltern leben Joshs Eltern getrennt voneinander.

„Bist du auch gerade auf dem Weg zum Reiterhof?", fragt er, nachdem er mich eingeholt hat und Netty, seine kleine Mustangstute, mit meinem Rad Schritt hält.

„Ja", erwidere ich etwas schüchtern.

Ich kenne Josh jetzt zwar schon seit einer ganzen Weile, bin aber trotzdem noch manchmal etwas unsicher, wenn ich ihn treffe. Ich weiß nicht genau, woran es liegt. Aber Leo und Sophie haben selbstverständlich eine Erklärung dafür. Angeblich bin ich verknallt. So ein Quatsch! Ich mag Josh. Ich mag ihn sogar sehr. Aber verknallt bin ich sicher nicht in ihn! Oder?

„Wie wäre es? Wollen wir ein kleines Rennen machen?", fragt mich Josh grinsend. „Der Gewinner hat einen Wunsch frei."

„Sehr witzig. Gegen Netty hat mein Drahtesel doch nicht die geringste Chance", entgegne ich.

„Wenn du willst, tauschen wir."

Ich schaue Josh ungläubig an. Von Leo habe ich mal gehört, dass Josh so gut wie nie jemanden auf den Rücken seiner Netty lässt.

„Na, was ist? Bist du dabei?"

„Von mir aus“, sage ich zögernd, halte an und drücke mit dem rechten Fuß den Fahrradständer herunter. Josh gleitet aus Nettys Sattel und reicht mir die Zügel.

„Danke.“ Ich lege meinen Fuß in den Steigbügel und schwinge mein rechtes Bein über Nettys Rücken.

Als ich fest im Sattel sitze, macht sich wie jedes Mal, wenn ich auf einem Pferd sitze, ein warmes Gefühl in mir breit. Ich kenne nichts, was schöner ist, als auf dem Rücken eines Pferdes zu sitzen. Und ich verstehe beim besten Willen nicht, wie Josh einen Pferdesattel durch einen Fahrradsattel eintauschen kann. Aber irgendwie ist das auch ganz süß von ihm.

Ich gebe Netty eine Schenkelhilfe, und sie setzt sich sofort in Bewegung.

„Du kannst dich geehrt fühlen“, fängt Josh an, während er ganz langsam neben mir herradelt. „Netty lässt nämlich nicht jeden auf ihren Rücken.“

„Und ich dachte eigentlich, dass *du* nicht jeden auf ihren Rücken lässt.“

„Das auch“, sagt er, schaut mir in die Augen und wird leicht rot. Als ich das sehe, wird mir auf einmal ganz heiß. Schnell gebe ich Netty die nächste Hilfe, und sie fällt in einen leichten Trab, dann in einen schnellen, und zum Schluss düst sie ab wie eine Rakete.

Wir sind so schnell, dass ich nicht nur das Gefühl habe, Josh ganz weit hinter uns zu lassen, sondern auch die Hitze, die sich eben noch in mir breitmachen wollte.

Kurz vor dem Reiterhof bremse ich die Mustangstute ein wenig ab und drehe mich nach Josh um, der nur noch ein kleiner Punkt in der Ferne ist. Ich halte an. Der Punkt wird immer größer und größer.

„Hey, das – das war unfair", meint er total außer Puste, nachdem er bei mir angekommen ist.

„Tut mir leid, aber ich wollte doch unbedingt einen Wunsch frei haben", entgegne ich, steige ab und tausche die Zügel wieder gegen mein Fahrrad.

2. Kapitel, in dem ich aus allen Wolken falle

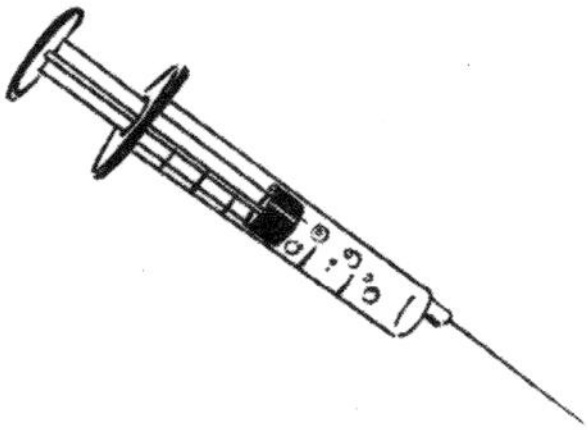

Kurz darauf stehen Josh und ich mitten auf dem Reiterhof. Und sofort entdecke ich Sophie. Sie sitzt auf Aurora und fegt über den Reitplatz.

„Sie kann mittlerweile richtig gut reiten“, stellt Josh erstaunt fest.

„Ja“, antworte ich und lasse die beiden nicht aus den Augen.

Wirklich kaum zu glauben, dass sich dieses Mädchen noch vor nicht allzu langer Zeit aus Angst vor Aurora beinahe in die Hose gemacht hätte. Und jetzt sitzt sie ganz sicher im Sattel und führt Aurara, als ob sie noch nie was anderes in ihrem Leben gemacht hätte.

„Wow! Hast du das gerade gesehen?“ Begeistert boxt mir Josh auf den Oberarm. „Das war eine fast perfekte Passage.“

Ich nicke überrascht. Anscheinend hat Sophie in letzter Zeit fleißig mit Aurora trainiert. Alle Achtung!

Als ich Aurora zum ersten Mal gesehen habe, war sie noch etwas ängstlich, wild und stur, aber ich wusste von der ersten Sekunde an, dass sie ein tolles und supertalentiertes Pferd ist. Von Sophie als Reiterin war ich lange Zeit nicht überzeugt. Wie denn auch? Sie hat sich anfangs, wie gesagt, nicht mal in Auroras Nähe getraut oder in die Nähe eines andern Pferdes. Pferde waren für Sophie Geschöpfe mit denen sie nichts anfangen konnte.

Da kam ich ins Spiel. Sophies Vater hat mich gefragt, ob ich nicht Lust hätte, mir mein Taschengeld etwas aufzubessern. Alles, was ich dafür tun musste, war, mich etwas um Aurora zu kümmern. Und das tat ich sehr gerne – auch heute noch, wenn Sophie mal keine Zeit hat. Das kommt mittlerweile aber so gut wie nie vor.

Sophie verbringt fast jede freie Minute mit oder auf Aurora. Und das kommt ihren Reitkünsten wirklich zugute, denke ich, und schaue fasziniert zu, wie die beiden eine bilderbuchreife Traversale hinlegen.

Josh und ich können unsere Begeisterung nicht zurückhalten und fangen an zu klatschen. Sophie taucht aus ihrer Konzentration auf und lächelt verlegen.

„Super!", lobe ich sie, während Josh und ich zum Gatter laufen.

„Die Traversale jetzt zum Schluss war noch etwas unsauber", ruft Sophie leicht enttäuscht und dirigiert Aurora zu uns ans Gatter. „Daran müssen wir beide noch unbedingt arbeiten." Sie streicht zärtlich über Auroras Hals und steigt anschließend ab.

„Ihr beide seid echt gut", meint Josh, während Netty Aurora zur Begrüßung beknabbert. „Hast du schon was von dem Dressurritt gehört, der in einigen Monaten im Nachbarort stattfindet?"

„Nein." Sophie schüttelt ihren Kopf, während sie Nettys Stirn streichelt.

„Hättest du nicht Lust, mit Aurora auch teilzunehmen?"

„Ich weiß nicht ..." Sophie schaut unsicher drein. „Ich bin doch eine blutige Anfängerin im Dressursport. Ich weiß nicht einmal, ob das, was ich da mit Aurora veranstalte, ganz richtig ist."

„Heißt das, du hast *dir* und Aurora das alles *selbst* beigebracht?"

„Na ja, ich habe mir immer wieder was von Pia abgeguckt! Und die Turniere im Fernsehen verschlungen."

„Nicht zu fassen." Josh schaut mich ungläubig an.

„Was soll ich sagen?" Ich zucke lächelnd mit den Schultern. „Sophie ist eben ein Naturtalent. Und mit Aurora im Team einfach unschlagbar."

„Du solltest dir das mit dem Dressurwettbewerb durch den Kopf gehen lassen. Ich habe noch einen Flyer davon, den bringe ich dir bei Gelegenheit mal mit", sagt er, verabschiedet sich von uns und trottet mit Netty im Schlepptau Richtung Putzplatz.

„Glaubst du, wir sollten da wirklich mitmachen?", fragt mich Sophie, während sie Aurora langsam vom Reitplatz führt.

„Warum eigentlich nicht? Josh hat recht. Ihr wart gerade wirklich gut." Ich streichle Aurora sanft über die Nüstern. „Klar müsst ihr noch eine Menge an euch arbeiten, aber ich glaube, ihr könntet es schaffen."

„Im Ernst?"

„Ich könnte euch trainieren, wenn du willst. Ich habe mir so einiges bei meinem Vater abgeguckt."

„Da bin ich mir sicher. Ich überlege es mir."

„Mach das. Sag mal, hast du Marengo heute schon gesehen?", wechsele ich das Thema und schaue mich um, ob er vielleicht auf der Koppel steht. Wenn ich nicht da bin, kümmert sich Rolf, der Reiterhofbesitzer und Joshs Vater, immer um den süßen Rappen. Doch auf der Koppel steht er nicht. Dafür entdecke ich dort Sunny, Leos gescheckten Isländer.

„Ich meine, ich hätte Marengo heute schon gesehen", sagt Sophie nachdenklich. „Ja, ein Mann war hier und hat ihn sich angeschaut."

„Was für ein Mann?" Ich schaue Sophie verwundert an.
„Keine Ahnung." Sie zuckt mit den Schultern. „Ich hab ihn hier noch nie zuvor gesehen."
„Seltsam. Ich gehe mal im Pferdestall nachschauen."
„Alles klar. Ich kümmere mich schnell um Aurora und dann komme ich gleich nach."
„Gut", sage ich und laufe Richtung Pferdestall, während Sophie Aurora zur Tränke neben dem Putzplatz führt.
„Hi, Pia", begrüßt mich Leo, als ich in den Pferdestall komme. Sie mistet gerade Sunnys Box aus. „Hast du schon mal so viel Mist auf einem Haufen gesehen?"
„Und hast du Marengo gesehen?", frage ich nach einem raschen Blick in seine leere Box.
„Nein. Tut mir leid. Als ich heute in den Pferdestall gekommen bin, stand seine Box schon leer. Ich dachte, du wärst mit ihm ausgeritten."
„Leider nicht. Ich bin gerade erst gekommen."
„Jetzt mach dir keine Sorgen, Pia. Ihm wird schon nichts passiert sein. Vielleicht ist ja mein Onkel mal wieder auf ihm ausgeritten."
„Oder irgendein anderer."
„Was für ein anderer?"
„Sophie meinte, sie hätte heute einen fremden Mann bei Marengo gesehen."
Leo legt ihre Stirn in Falten. „Vielleicht war es ja sein Besitzer", sagt sie, als ob es das Selbstverständlichste der Welt wäre.
„Sein Besitzer?", wiederhole ich. „Solange ich herkomme, habe ich Marengos Besitzer noch nie zu Gesicht bekommen. Hast *du* ihn eigentlich schon einmal gesehen?"

„Ja, aber ich kann mich nicht mehr so gut an ihn erinnern. Als ich ihn das letzte Mal gesehen habe, war ich noch ganz klein. Aber damals war er fast täglich bei Marengo. Das weiß ich noch. Später kam er dann immer seltener. Bis die Besuche auf dem Reiterhof und bei Marengo ganz aufhörten."

Ich schüttle verständnislos den Kopf. „Wie kann man nur sein Pferd so im Stich lassen? Der arme Marengo."

„Er hatte doch immer noch uns. Und mein Onkel hat ihn so behandelt, als wäre er eins von seinen eigenen Pferden."

„Trotzdem. Er war ganz bestimmt furchtbar traurig und betrübt, als sein Besitzer ihn nicht mehr besucht hat. Er ist doch so ein Sensibelchen."

„Dann passt er ja wunderbar zu dir." Leo grinst frech.

„Was soll das heißen, hä?", frage ich lächelnd und fange an, Leo zu kitzeln. Sie lässt ihre Mistgabel fallen und kitzelt zurück.

„Was ist denn hier los?" Zusammen mit Aurora schlendert Sophie die Stallgasse herunter. „Kitzelschlacht?"

„Willst du etwa mitmachen?" Leo wärmt schon mal ihre Finger auf.

„Ich nicht, aber vielleicht Aurora", antwortet Sophie heiter. „Und? Hast du Marengo gefunden?", will sie dann von mir wissen, während Aurora freiwillig in ihre schöne, große Box spaziert.

„Nein", antworte ich und habe fast schon ein schlechtes Gewissen, dass ich nicht weiter nach ihm gesucht habe. Aber irgendwie glaube ich, dass Leo recht hat. Ihm wird schon nichts passiert sein. Schließlich passt Rolf auf die Pferde hier auf wie auf seine eigenen Augäpfel.

„Ich hatte einen furchtbaren Albtraum", erinnere ich mich auf einmal.

„Das ist ja komisch.“ Leo schnappt sich wieder die Mistgabel. „Ich auch. Ich habe geträumt, dass mein Bruder Sebastian mir wieder einen seiner Streiche gespielt hat. Es war einfach grauenvoll. Stellt euch vor: Er hat mich in ein Kleidchen gesteckt, mir zwei Glitzerspangen ins Haar geklemmt und mich geschminkt. Ich sah – ich sah einfach ...“ Sie verzieht ihr Gesicht.

„Wie ein ganz normales Mädchen aus.“

„Genau!“, kreischt sie angewidert. Sophie und ich fangen an zu lachen.

„Das ist überhaupt nicht komisch, ihr beiden.“

„Es gibt Schlimmeres als das“, sage ich.

„Was denn?“

„Ich habe geträumt, dass Marengo sich verletzt hat. Er hat sich das Kniegelenk zertrümmert, und der Tierarzt wollte ihn mit einer Giftspritze von seinem Leid erlösen“, sage ich mit ernster Miene.

„Okay, du hast gewonnen. Dein Albtraum war hunderttausendmal schlimmer.“ Leo schüttelt sich, um das Bild wieder loszuwerden.

„Da fällt mir ein“, fängt Sophie an. „Heute war tatsächlich der Tierarzt bei Marengo.“

„Was?!“ Ich reiße entsetzt die Augen auf. „Und das sagst du mir erst jetzt?“

„Keine Sorge. Soviel ich mitbekommen habe, war es nur eine Routineuntersuchung.“

„Und wo ist Marengo dann jetzt?“

Sophie zuckt ratlos mit den Schultern.

Ich drehe mich um und marschiere großen Schrittes die Stallgasse zum Ausgang hinunter.

„Wo willst du denn hin?“, ruft mir Leo hinterher.

„Ich will Marengo suchen und schauen, wie es ihm geht“, antworte ich, ohne mich noch einmal umzudrehen.

Nachdem ich den Pferdestall verlassen habe, marschiere ich schnurstracks in Richtung Reithalle. Als ich in die Halle komme, winkt mich sogleich Rolf zu sich. Zusammen mit einem fremden Mann steht er am Rand und unterhält sich lebhaft mit ihm.

Er wird sicher wissen, wo Marengo abgeblieben ist. Doch noch bevor ich nach Marengo fragen kann, legt Rolf lächelnd die Hand auf meine Schulter.

„Das ist Pia“, stellt er mich seinem Gesprächspartner vor. Dieser streckt mir seine rechte Hand entgegen. Sofort fällt mir ein dicker, goldener Siegelring auf, den er an seinem Ringfinger trägt.

„Freut mich, dich kennenzulernen, Pia.“ Kräftig schüttelt der Unbekannte meine Hand. „Herr Wiesner hat mir schon so viel von dir erzählt“, fährt er fort. „Mein Name ist Christensen.“

Ich schaue den Mann etwas verwirrt an.

„Herr Christensen ist Marengos Besitzer“, klärt Rolf mich auf.

„Marengo. Er ist ja so ein tolles Pferd“, fange ich an zu schwärmen.

„Oh ja. Das war er. Das war er wirklich.“

War?! Was soll denn das heißen?

„Das ist er doch immer noch“, sage ich schnell mit leicht zusammengezogenen Augenbrauen.

„Oh, ich verstehe. Euch beide verbindet wohl eine innige Freundschaft, was?“

„Was man von ihnen und Marengo nicht behaupten kann“, nuschle ich und wundere mich über mich selbst. Normalerweise bin ich immer eher der ruhige und etwas schüchterne Typ. Aber wenn es um Marengo geht, verstehe ich keinen Spaß.

„Wie bitte?", hakt Herr Christensen nach.

„Das kann man wohl sagen", formuliere ich meinen letzten Satz kurzerhand um. „Wo ist Marengo eigentlich?", frage ich und merke selbst, dass diese Worte etwas zu patzig aus meinem Mund gekommen sind. Herr Christensen zieht eine Augenbraue in die Höhe und mustert mich etwas strenger.

„Ich denke nicht, dass dich das etwas angeht, junge Dame."

„Er müsste jeden Moment hereingeführt werden", meldet sich Rolf zu Wort.

Ups. Wie es aussieht bin ich Herrn Christensen wohl auf den Schlips getreten. Dabei war das gar nicht meine Absicht.

„Es tut mir leid, wenn ...", will ich mich entschuldigen. Doch Herr Christensen würdigt mich keines Blickes. Er behandelt mich ab sofort wie Luft und fährt mir einfach ins Wort.

„Sagen Sie, Herr Wiesner. Wie viele freie Boxen haben Sie hier noch? Ich denke daran, mir vielleicht ein, zwei neue Pferde anzuschaffen. Sie verstehen?"

„Im Moment sind alle Boxen belegt. Aber es besteht die Möglichkeit, noch anzubauen."

„Sehr gut, sehr gut", erwidert Herr Christensen zwar höflich, aber dennoch irgendwie arrogant. Dieser aufgeblasener Wichtigtuer, ärgere ich mich, als ich auf einmal ein lautes Wiehern höre.

„Marengo!" Ich erkenne meinen Liebling allein am Klang seines Wieherns und schaue voller Vorfreude zur Tür. Marengo wird von einem kleinen, rundlichen Mann hereingeführt.

Beim Anblick des Norwegers geht es mir gleich viel besser. Der Ärger verfliegt wie im Wind, und ich werde wieder ruhiger und strahle meinen Süßen mit leuchtenden Augen an. Als er dann auch mich entdeckt, wirkt er sogleich entspannter. Zufrieden schaut er in meine Richtung und schnaubt leise.

„Hallo, mein Schöner." Ich will auf ihn zugehen. Doch Rolf hält mich zurück.

„Herr Christensen wollte sich mal anschauen, wie Marengo läuft", meint er, während der kleine, rundliche Mann Marengo zur Mitte der Halle führt und etwas mühsam aufsteigt.

Kurz darauf setzt sich der Rappe in Bewegung. Herr Christensen beobachtet ihn aufs Genauste. Dabei verzieht er keine Miene.

Ich schaue ebenfalls zu Marengo hinüber. Er ist ein wahres Prachtpferd. Sein Fell ist schwärzer als die schwärzeste Nacht, und seine Augen leuchten wie zwei riesige Sterne. Aber irgendetwas stimmt nicht mit ihm. Und ich weiß auch, was es ist: der fremde Mensch auf seinem Rücken.

Obwohl ich ganz genau weiß, dass Marengo nicht mir gehört, ist es dennoch ein komisches Gefühl, jemand anderen auf ihm reiten zu sehen. Jemand total fremden. Dieser Mann gehört da nicht hin. Marengos Rücken ist mein Platz. Und diesen teile ich höchstens mit meinen besten Freundinnen oder mit Rolf. Er war es schließlich, der sich immer aufopfernd um den Rappen gekümmert hat, bevor ich diese Aufgabe übernehmen durfte. Nicht der kleine, dicke Mann oder Marengos Besitzer, der neben mir steht und unzufrieden seinen Kopf schüttelt.

„Seine Bewegungen sind ganz steif", meckert er. „So unsauber und holprig."

„Das liegt aber nicht an Marengo", nehme ich den Rappen in Schutz. „Sondern an seinem Reiter."

Gegen die Anweisungen seines Reiters bleibt Marengo plötzlich stehen. Als der kleine, dicke Mann ihn dazu bringen will, sich wieder zu bewegen, gehorcht Marengo zwar, bewegt sich dann aber in die entgegengesetzte Richtung und steuert geradewegs auf mich zu.

Mit ganzem Körpereinsatz versucht der Reiter, Marengo wieder unter seine Kontrolle zu bringen. Doch je mehr er sich anstrengt, desto weniger gibt Marengo etwas darauf.

„Hallo, mein Schöner", begrüße ich ihn mit einem Küsschen auf die Nase, als er schließlich bei mir ankommt. Liebevoll drückt er sein Maul gegen meine Schulter und schnaubt ganz leise. Dabei kitzelt mich sein warmer Atem im Gesicht.

„Wo warst du denn so lange?", frage ich so leise, dass nur Marengo es hören kann, und nehme sein Maul zwischen beide Hände. „Ich habe dich gesucht. Und jetzt hast du mich gefunden", flüstere ich ihm lächelnd zu und drücke ihm wieder ein dickes Küsschen auf die Nase. Er schnaubt freudig und stupst mich ganz leicht an.

„Na los, du sturer Bock!" Der Mann auf Marengos Rücken zieht kräftig an den Zügeln. „Beweg dich endlich", zischt er und tritt Marengo in den Bauch.

Ich schaue den Mann scharf an. Doch das interessiert ihn nicht die Bohne. Ohne mir auch nur die geringste Aufmerksamkeit zu schenken, tritt er Marengo noch einmal in den Bauch.

„Hey!", keife ich den Mann an. „Sie tun ihm weh!"

„Misch du dich da nicht ein", erwidert der Mann. Sein Kopf ist vor Zorn und Anstrengung ganz rot.

Auf einmal gibt Marengo nach und galoppiert drauflos. Der Reiter hat nicht damit gerechnet und verliert das Gleichgewicht.

Wie ein nasser Sack Kartoffeln hüpft er im Sattel auf und ab und versucht, Marengo anzuhalten. Doch der denkt nicht im Traum daran. Wie ein Wildpferd bockt er und wirft den lästigen Reiter schließlich ab.

Für eine Sekunde halte ich besorgt den Atem an. Doch als der Mann sich aufrichtet und anfängt zu fluchen, lache ich mir leise ins Fäustchen.

Geschieht ihm ganz recht!, denke ich, während Marengo aufgeregt am anderen Ende der Halle herumtänzelt.

Herr Christensen schnalzt mit der Zunge und schüttelt genervt seinen Kopf.

„Ich dachte, Sie können mit Pferden umgehen“, sagt er zu dem im Sand liegende Reiter.

„Kann ich auch. Aber das ist kein Pferd. Das ein Teufel“, entgegnet der Mann, der in seinem Stolz verletzt ist.

„Muss man denn wirklich alles alleine machen?“, fragt Herr Christensen, zieht sein Sakko aus, drückt es Rolf in die Hände und marschiert auf Marengo zu.

Belustigt beobachte ich, wie Herr Christensen versucht, seinen Wallach einzufangen. Doch Marengo denkt offenbar nicht daran, sich fangen zu lassen. Immer wieder lässt er seinen Besitzer bis auf wenige Schritte an sich herankommen, nur um ihn dann einfach stehen zu lassen und davonzutraben.

„Ist das nicht lustig?“, frage ich in Rolfs Richtung, ohne Marengo und sein neckisches Spielchen aus den Augen zu lassen.

„Mmh“, macht Rolf. Sein betrübter Unterton lenkt meine Aufmerksamkeit auf ihn.

„Was ist denn los?“

Rolf holt ganz tief Luft, ehe er anfängt zu sprechen.

„Ich sage es einfach, wie es ist.“ Er schaut mich so ernst an, dass ich ein ganz mulmiges Gefühl bekomme. „Herr Christensen spielt mit dem Gedanken, Marengo zu verkaufen.“

„Wie bitte?“

„An einen Metzger.“

Was?! Ich bin so geschockt, dass ich keinen klaren Gedanken fassen kann. Alles, woran ich denke, ist, dass ich etwas an den Ohren haben muss. Das kann einfach nicht sein. Was für ein Mensch kommt bloß auf die Idee, ein Pferd an einen Pferdemetzger zu verkaufen?!

Mir wird auf einmal ganz schlecht. Ich schaue schnell zu Marengo, der immer noch mit seinem Besitzer und dem Reiter ausgelassen Fangen spielt und nicht weiß, was ihm blüht. Tränen schießen mir in die Augen. Und sosehr ich auch versuche, sie zurückzuhalten, ich schaffe es einfach nicht. Ich verliere die Fassung und stürme aus der Reithalle.

Draußen laufe ich Leo und Sophie in die Arme.

„Was ist denn los?“, fragen sie besorgt. Ich falle der Erstbesten – Sophie – um den Hals und weine bitterlich.

„Ist was mit Marengo?“ Leo streicht mir übers Haar.

„Hast du ihn etwa immer noch nicht gefunden?“, fragt Sophie, deren Pulli ich vollheule.

„Nun sag doch was, Pia!“

Ich versuche es. Ich versuche es doch. Aber ich kriege einfach kein Wort heraus. Alles, was ich von mir geben kann, ist bloß lautes Schluchzen.

„Jetzt beruhige dich doch!“

„Kann – kann – kann nicht!“, schluchze ich immer wieder.

„Hör jetzt sofort auf zu heulen, verstanden?!“, ruft Sophie mit weinerlicher Stimme. Ich löse mich von ihr und sehe dicke Tränen in ihren Augen. „Sonst fange ich gleich auch noch an“, fügt sie mit sanfter, aber zittriger Stimme hinzu.

„Könnt – kö-könnt ihr euch noch an – an meinen Albtraum erinnern, von dem – dem ich euch vorhin erzählt hab?“, stottere ich, nachdem ich mich einigermaßen gefangen habe.

„Mmh.“ Leo und Sophie nicken im Chor.

„Er wird wahr!“ Ich breche wieder in Tränen aus.

3. Kapitel, in dem ich eine unheimlich(e) nette Begegnung habe

„Jetzt hör endlich auf zu flennen“, meint Leo, als wir eine Stunde später in unserem Baumhaus sitzen. „Du hast dich sicher verhört.“

Sophie nickt zustimmend. Ich schüttle verheult meinen Kopf.

„Ich habe mich nicht verhört“, schluchze ich.

„Vieeichsssindeinornnichsoutwiedudenst“, nuschelt Leonie mir einen vor. Ich schaue sie von der Seite an.

„Du irrst dich. Meine Ohren sind noch sehr gut in Takt.“

„Was?“

„Wie es scheint bist du diejenige, die etwas an den Ohren hat.“

„Ich habe nichts an den Ohren. Ich bin bloß so überrascht, dass du mich tatsächlich verstanden hast. Also hast du dich vorhin wohl doch nicht verhört, hä?“

„Na, sag ich doch“, meine ich und presse traurig Tabu an meine Brust.

Tabu ist mein bester Freund. Das heißt, es *war* mein bester Freund. Und zwar bis Leo und Sophie aufgetaucht sind und diesen Job übernommen haben.

Tabu ist eigentlich die Abkürzung für Tagebuch. Und so wie es sich für ein waschechtes Tagebuch *und* einen besten Freud gehört, hat Tabu sich früher immer all meine Probleme, mein Gejammer und meine Sorgen geduldig angehört und in sich aufgenommen. Das war schon ein hartes Los. Aber jetzt ist seine Arbeit noch wesentlich schwieriger geworden. Denn sie hat sich verdreifacht, um genau zu sein.

Aus meinem Tagebuch wurde nämlich Leos, Sophies und mein Freundinnenbuch. Doch bis es dazu wurde musste Tabu – und auch meine Wenigkeit – eine Menge durchmachen. Unter anderem eine Entführung, bei der ich beinahe die Hoffnung aufgegeben hätte, es jemals wiederzusehen. Und eine Schlägerei, bei der sich Leo und Sophie beinahe gegenseitig die Augen blau und grün geschlagen hätten. Ich muss schmunzeln. Die Augen von Leo und Sophie sind nämlich wirklich blau und grün. Egal. Zurück zu Tabu.

Dem Guten wurde fast nichts erspart. Doch dafür wird es nun entlohnt. Und zwar mit unserem Vertrauen – und auch Leonies Comics.

Wir drei teilen jede Menge Gedanken mit Tabu. Im Moment teile ich allerdings jeden Menge Handschweiß und Tränen mit ihm.

Das tolle an einem Freundinnenbuch, wie Tabu es ist, ist die Tatsache, dass nicht nur Tabu genau weiß, wie es in jeder Einzelnen von uns aussieht. Auch wir Mädels wissen immer, was gerade in der anderen vorgeht. Denn haben wir mal keine Zeit oder Lust, miteinander zu quatschen, können wir einfach nachlesen, was die anderen bedrückt, beschäftigt oder auch freut.

Doch zur Freude gibt es momentan leider nicht allzu viel Anlass. Ganz im Gegenteil!

„Ich verstehe einfach nicht, wie man auch nur einen einzigen Gedanken daran verschwenden kann, ein Pferd verwursten zu lassen?!“ Abwechselnd schaue ich Leo und Sophie an. Doch auch die können sich offenbar nicht erklären, wie jemand bloß auf solch eine schwachsinnige Idee kommen kann. Fassungslos sitzen sie neben mir und starren Löcher in die Luft. Selbst Leo hat es die Sprache verschlagen. Und das will schon etwas heißen.

„Das kann der Mann doch unmöglich tun!“, meint Sophie verzweifelt. Leo legt ihren Kopf schief und schaut sie von der Seite an.

„Er ist der Besitzer. Deshalb kann er mit Marengo tun und lassen, was er will – leider.“

„Nein!“ Ich schaue Leo scharf an. „Ich lasse es nicht zu, dass jemand meinem Marengo etwas antut! Dieser Mensch hat sich kaum um ihn gekümmert!“ Vor Wut zittern meine Hände, und meine Augen füllen sich wieder mit Tränen. „Vielleicht hilft es, wenn ich mal mit diesem Mann rede“, sage ich heulend. „Womöglich ändert er *dann* seine Meinung.“ Unsicher und hoffnungssuchend schaue ich zwischen meinen Freundinnen hin und her. Doch die beiden schauen mich nicht an. „Glaubt ihr das etwa nicht?“

„Und wenn es nichts bringt?“, will Sophie schließlich wissen.

„Dann lassen wir unsere Fäuste sprechen!“, wirft Leo energiegeladen ein. „Na los, Mädels! Worauf warten wir noch? Lasst uns dem Mann einen Besuch abstatten.“ Sie springt auf. Ihre Augen funkeln voller Entschlossenheit. „Ihm wird die Lust auf Pferdewurst schon vergehen, wenn wir mit ihm fertig sind.“ Sie reicht uns ihre Hände und zieht uns auf die Beine.

Als wir uns dann wenig später auf Aurora und Sunny auf den Weg zurück zum Reiterhof machen, zerbrechen wir uns die Köpfe, wie wir an Herr Christensens Adresse kommen könnten.

„Onkel Rolf muss alle Adressen der Pferdebesitzer haben“,

meint Leo auf einmal. „Wir müssen uns nur überlegen, wie wir sie am besten aus ihm herausquetschen können."

„Ja, meinst du denn nicht, dass er sie uns ganz einfach gibt, wenn wir ihm die ganze Situation erklären?" Ich umklammere Leos Hüften noch etwas fester. Ich sitze direkt hinter ihr auf Sunnys Rücken. Sophie thront auf ihrer Aurora. Im gemütlichen Tempo traben die beiden Pferde nebeneinander den Reitweg entlang.

„An deiner Stelle würde ich meinen Hintern nicht darauf verwetten", meint Leo zur Seite. „Oder würdest du etwa jemandem die Adresse eines deiner besten Kunden geben, wenn du weißt, dass dieser jemand ihm gehörig den Kopf waschen will?"

„Aber hier geht es doch nicht um eine Kopfwäsche", sagt Sophie.

„Es geht um Marengos Leben", füge ich hinzu.

„Mein Onkel kann es sich nicht leisten, einen seiner besten Kunden zu verlieren. Versteht ihr das denn nicht? Das hat nichts mit Marengo zu tun. Ihr wisst genauso gut wie ich, dass Rolf unseren Marengo echt gerne hat. Aber so ein Reiterhof kostet eine Menge Geld. Und da ist mein Onkel nun mal auf seine zahlungsfähigen Kunden angewiesen. Und Herr Christensen zahlt für die Unterbringung von Marengo einen ganzen Haufen Geld, wie ich gehört habe. Und jetzt überlegt er sogar noch, sich weitere Pferde anzuschaffen."

„Was machen wir denn dann? Ich meine, um an die Adresse zu kommen?", fragt Sophie und macht gleichzeitig ein nachdenkliches Gesicht, so, als ob sie schon über die Lösung des Problems grübeln würde.

„Ich glaube, ich habe da schon eine Idee." Leo grinst schelmisch und schaut zu mir nach hinten.

„Pass auf!“, rufe ich ganz laut, als ich plötzlich direkt vor uns auf dem Reitweg eine alte Frau entdecke. Leo dreht schnell ihren Kopf wieder nach vorne und bringt Sunny gerade noch rechtzeitig zum Stehen, bevor er die Frau über den Haufen traben kann.

Geschockt lässt die Frau ihren vollen Korb fallen und fasst sich an die Brust. Sie ist kreidebleich.

„Passen Sie gefälligst auf, wo Sie hinlaufen“, ärgert sich Leo.

„Nicht“, zische ich ihr von hinten ins Ohr.

„Was denn? Das ist ein Reitweg. Da kann sie doch besser aufpassen.“

„Bitte entschuldigen Sie“, sage ich etwas schüchtern zu der Frau und steige ab. „Unsere Freundin meint es nicht so“, versuche ich Leos Unfreundlichkeit zu entschuldigen, während ich langsam auf die Frau zulaufe.

„Doch! Sie meint es genau so und nicht anders“, macht Leo meine Entschuldigung sogleich wieder zunichte.

Ich werfe ihr einen bösen Blick zu, als ich mich nach dem Korb der Frau bücke. Doch Blicke haben Leo noch nie zum Schweigen gebracht.

„Sie könnten sich ruhig mal bei uns entschuldigen. Finden Sie nicht auch?“

„Leo!“, ermahnt nun auch Sophie sie.

„Also das ist ja eine Frechheit, junges Fräulein!“, meint die Frau auf einmal. Ihre Stimme bebt. Ich reiße überrascht meine Augen auf. Diese dunkle, rauchige und kratzige Stimme passt so ganz und gar nicht zu dem Aussehen der Frau. Sie wirkt so zart und zerbrechlich. Eine liebe, nette, kleine Oma. Und dann so eine Stimme, das genaue Gegenteil! Sie flößt mir irgendwie Angst ein.

„Na, hören sie mal!“, meldet Leo sich unbeeindruckt wieder zu Wort. „Eine Frechheit ist doch wohl *Ihr* Verhalten.“

„Verflixt, Leo! Was ist bloß in dich gefahren?“ Ich durchbohre sie mit einem bösen Blick nach dem anderen. „Hören sie Frau – äh –“ Ich halte der Oma den Korb hin, der bis oben voll ist mit irgendwelchen Waldkräutern, Beeren und so einem Zeug.

„Mein Name ist Denastia“, stellt sich die Frau vor, während sie ganz langsam mit ihren dünnen, knochigen Fingern nach ihrem Korb langt.

Denastia? Was ist denn das für ein seltsamer Name?

„Und wie ist dein Name, mein Kind?“

„Das ist nicht *Ihr* Kind!“, mischt Leo sich wieder ein.

Die Frau dreht ihren Kopf ruckartig in Leos Richtung und durchspießt sie mit einem Blick, der mir durch und durch geht.

Für einen Augenblick bringt dieser Blick selbst Leo zum Schweigen.

„Also, wie war dein Name, *mein Kind*?“, wendet sich die Frau mit einem Lächeln wieder an mich.

„Ich – ich heiße Pia. Und das ist Sophie.“

„Und wie heißt du?“, will Denastia von Leo wissen.

„Sie heißt Leo“, sage ich schnell an ihrer Stelle, bevor sie womöglich noch auf die Idee kommt, wieder eine Unhöflichkeit von sich zu geben.

„Leo“, wiederholt die Frau fast flüsternd. „Leeeoooo.“ Sie haucht den Namen mit ihrer kratzigen Stimme. Und ein wenig erinnert mich dieser Klang an eine sehr alte, schwere und knarrende Holztür, deren Scharniere mal wieder geölt werden müssten. Einfach unheimlich. „Hast du etwas dagegen, wenn ich dich Leonie nenne?“

„Ganz und gar nicht", erwidert Leo. „Ich bestehe sogar darauf." Sie setzt ein künstliches Lächeln auf. Dabei versucht sie nicht einmal zu verbergen, dass dieses Lächeln nur gespielt ist. Es wirkt viel eher, als wäre es ihr sogar überaus wichtig, Denastia merken zu lassen, dass ihr Lächeln falsch ist.

„Könntet ihr Mädchen mich vielleicht nach Hause bringen? Mir steckt immer noch der Schreck in meinen alten Knochen. Und dieser Korb wird mit jedem Schritt schwerer und schwerer. Ich wohne gleich dahinten im Wald. Es ist wirklich nicht sehr weit."

„Dann können Sie ja auch laufen", meint Leo völlig gleichgültig.

„Leo!", sagen Sophie und ich im Chor.

„Was ist?" Unschuldig zuckt Leo mit ihren Schultern. „Wir haben es doch eilig. Habt ihr Marengo etwa schon vergessen?"

Sophie und ich schauen uns kurz an. Und wir wissen beide, dass Leo recht hat. Marego ist einfach zu wichtig. Er kann nicht warten.

„Wir – wir ..."

„Es ist wirklich nicht weit. Es sind nur ein paar Schritte. Ihr werdet eine alte Frau doch nicht so ganz alleine durch den Wald laufen lassen."

„Na schön", gebe ich mir einen Ruck.

„Was?!"

Ohne auf Leo zu achten, nehme ich der Frau den Korb ab und setze mich in Bewegung. Ich zucke kurz erschrocken zusammen, als sich auf einmal ein langer, knochiger Arm wie eine Schlange um meinen schlingt. Ich schiele zur Seite. Dann drehe ich mich zu Sophie und Leo um. Leo verdreht genervt ihre Augen, während Sophie nur mit den Schultern zuckt.

„Seht ihr? Da ist es." Denastia streckt ihren Zeigefinger aus.

Versteckt hinter dem dichten Geäst, entdecke ich eine kleine, heruntergekommene Holzhütte mit einem Strohdach. Auf dem Kamin sitzt ein fetter, schwarzer Rabe, der unaufhörlich kräht.

„Und in der alten Bruchbude leben sie wirklich? Sieht aus wie ein Hexenhaus", bemerkt Leo spitz. Ich verdrehe meine Augen. „Passt zu der Alten, was?", höre ich sie dann in Sophies Richtung flüstern.

In diesem Moment wird die Sonne von zwei dunklen Wolken verdeckt. Der Schatten breitet sich wie ein großer Mantel über dem Wald aus und lässt alles etwas unheimlich erscheinen.

Der große Rabe öffnet seine Flügel und schlägt ein paar Mal mit ihnen. Der Wind fängt an zu wehen. Die Äste der Bäume fangen an, sich hin und her zu wiegen, und meine Haare flattern wild umher. In diesem Moment stößt sich der Vogel ab und erhebt sich in die Lüfte. Er dreht zwei, drei Runden über dem Haus und kommt dann in einem Affentempo auf einmal direkt auf uns zugeflogen. Immer näher und nähr, bis er ganz knapp über unseren Köpfen hinwegfliegt.

„Iiiii!!!", höre ich Leo eine Sekunde später kreischen. Sofort drehe ich mich nach ihr um. Mit angewidertem Gesicht sitzt sie auf Sunnys Rücken und stiert auf ihre rechte Schulter. „Dieser bescheuerte Vogel hat mich als Klo missbraucht!", beschwert sie sich lauthals. „Hat mal jemand ein Taschentuch für mich?"

Ich schüttle meine Kopf.

„Ich habe in meinem Haus ein paar Papiertücher."

„Danke, aber ich verzichte." Leo rupft ein Blatt vom Baum und versucht damit das, was der Rabe auf ihre Schulter gesetzt hat, wegzuwischen. „Bääähl! Jetzt habe ich es nur verschmiert."

„Wollt ihr noch mit reinkommen?“, fragt Denastia freundlich.

„Das geht leider nicht. Wir haben es nämlich ganz schön eilig, wissen Sie?“, sage ich lieb.

„Nur ganz kurz. Ich will euch als Dankeschön dafür, dass ihr einer alten Frau einen Gefallen getan habt, ein paar selbst gebackene Plätzchen geben.“

„Aber das ist wirklich nicht nötig“, entgegne ich lächelnd.

„Keine Widerrede!“, sagt Denastia in einem Befehlston, der mir das Blut in den Adern gefrieren lässt. „Eigentlich wollte mich heute mein Sohn besuchen kommen“, fängt sie wieder an. „Nur deshalb habe ich gebacken wie eine Wahnsinnige. Leider hat er es nicht mehr geschafft. Und jetzt habe ich so viele Plätzchen da. Ich weiß gar nicht, was ich mit ihnen machen soll. Und zum Wegschmeißen sind sie doch wirklich zu schade.“

„Na schön. Wenn Sie meinen“, sage ich und lasse mich von Denastia zum Haus ziehen.

„Wartet auf mich. Ich komme auch mit.“ Sophie gleitet von Auroras Rücken und rennt uns hinterher. „Ich habe nämlich einen riesigen Hunger.“

„Was ist mit dir, Leonie?“ Denastia bleibt noch einmal stehen und dreht sich zu Leo um. „Willst du nicht mitkommen?“

„Nö“, entgegnet Leo. „Denn wenn es nach mir gegangen wäre, hätten Sie Ihren Korb alleine schleppen müssen.“

„Für so ein kleines Mädchen bist du ganz schön frech, weißt du das?“

„Sie sind doch nicht viel größer. Und höflicher sind sie auch nicht, oder?“

Denastias Miene verfinstert sich, genau wie der Himmel über uns. Ohne zu zwinkern sieht sie Leo lange und intensiv an. Dabei nuschelt sie irgendwas in ihren Damenbart. Ich kann nicht einmal identifizieren, welche Sprache es ist. Was ich allerdings heraushören kann, ist, dass es nicht besonders freundlich klingt.

Als sie mit ihrer Murmelei fertig ist, fängt sie wieder an zu lächeln. Und mit ihrem Lächeln verziehen sich die dunklen Wolken, und die Sonne taucht wieder auf.

Ich werfe Leo einen letzten Blick zu, bevor ich mit Denastia und Sophie in der kleinen Holzhütte verschwinde.

Kurze Zeit später kommen Sophie und ich mit einer Tüte voller Plätzchen wieder heraus. Während unserer Abwesenheit hat Leo es sich auf einem Baumstamm gemütlich gemacht und sich die Zeit mit Langeweile vertrieben. Sunny hingegen hat sich klugerweise ein paar Grashalme schmecken lassen.

„Und? Hat euch die Alte zugequatscht?" Leo springt von ihrem Baumstamm, als wir bei ihr ankommen.

„Ich weiß nicht, was du hast. Sie war doch echt nett", sage ich und beiße in eins von Denastias Plätzchen.

„Nett?!", wiederholt Leo.

„Okay, ein bisschen eigenartig und vielleicht auch etwas unheimlich. Aber trotzdem nett."

„Sie hat uns die Plätzchen hier gegeben." Sophie hält eine Plastiktüte in die Höhe. „Wir sollen sie mit dir teilen."

„Nein, danke! Am Ende sind die noch vergiftet."

„Also wirklich! Leo."

„Was denn? Der Oma traue ich alles zu."

„Quatsch! Wenn du es wissen willst, sie hat sich sogar Sorgen um dich gemacht", meint Sophie kauend.

„Hä?"

„Ja, sie hat gesagt, dass wir gut auf dich aufpassen sollen. Das wird nämlich in der nächsten Zeit ganz schön nötig sein, meinte sie.“

„Blödes Geschwafel!“ Leo lacht laut auf. „Ich brauche doch keine Babysitter.“ Sie setzt sich langsam in Bewegung. „Mit meinen zwölf Jahren bin ich alt genug, um auf mich selbst aufzupassen.“

„Vorsicht Leo!“, rufen Sophie und ich gleichzeitig. Doch es ist zu spät. Leo stolpert gegen Sunnys Hinterteil, prallt ab und landet auf dem Waldboden. Sophie und ich versuchen krampfhaft, uns das Lachen zu verkneifen. Doch Leos Zusammenstoß mit Sunnys Hintern sah einfach zu lustig aus. Aus voller Kehle fangen wir beide an zu lachen. Leo hingegen schaut blöd aus der Wäsche.

„Was stehst du denn auch da so doof im Weg rum?“, fragt sie in Sunnys Richtung, während sie versucht, wieder auf die Beine zu kommen. Dabei tritt sie auf nasses Laub, rutscht aus und landet erneut auf dem Hosenboden. Sophie und ich ringeln uns vor Lachen. Leo zieht verärgert ihre Augenbrauen zusammen.

„Hört gefälligst auf zu lachen, ihr blöden Hühner, und helft mir auf die Beine.“

„Tut uns – pffff hahaha – tut uns echt leid, Leo. Hahahaha!“, sage ich. Dabei kann ich mir das Lachen einfach nicht verkneifen. „Aber – haha! Aber du hättest gerade dein Gesicht sehen sollen, als du gegen Sunnys Hintern gedonnert bist.“

Ohne ein weiteres Wort dreht sich Leo auf dem Absatz um und stapft auf Sunny zu. Dabei fällt Sophies und mein Blick zufällig auf Leonies kleinen Hintern, an dem immer noch ein nasses Blatt klebt. Gleichzeitig fangen wir wieder an zu lachen.

„Ich weiß wirklich nicht, was es hier zu lachen gibt“, meint Leo genervt, während sie sich Sunnys Zügel schnappt und aufsitzt.

„Ihr habt Marengo wohl total vergessen, was?“ Sie gibt Sunny eine leichte Schenkelhilfe. Sofort setzt sich der gescheckte Isländer in Bewegung.

Sophie und ich wechseln betrübte Blicke und schwingen uns ebenfalls in den Sattel.

Während wir Leo und Sunny folgen, starre ich pausenlos Leo an, die vor uns reitet.

Ihr habt Marengo wohl vergessen, was?, wiederhole ich Leos letzte Worte in Gedanken.

Natürlich habe ich Marengo nicht vergessen! Wie könnte ich denn auch? Dafür bedeutet er mir einfach viel zu viel.

Für diese Bemerkung könnte ich Leo richtig böse sein. Allerdings halte ich ihr zugute, dass sie sich ebenfalls furchtbare Sorgen um unseren Marengo macht, denke ich, und bemerke erst jetzt, dass mir dicke Tränen die Wangen runterkullern.

4. Kapitel, in dem ich die Hauptrolle in einem Krimi spiele

Ohne ein weiteres Wort oder auch nur noch einen Gedanken über den Vorfall im Wald zu verlieren, kommen wir etwa eine halbe Stunde später auf dem Reiterhof an.

Und sofort kommt Leo zum Wesentlichen. Und zwar zu ihrer Idee, wie wir die Adresse von Herrn Christensen beschaffen können.

„Und? Wie findet ihr meinen Plan?", fragt sie, nachdem sie uns ihre Idee offenbart hat und wir die Pferde versorgt haben.

„Na ja, ich – ich", fange ich an zu stottern. „Ich glaube ich – ich bin da nicht die Einzige ...", druckse ich herum und deute auf Sophie. „... der – na ja, der diese Idee nicht gefällt."

„Oh, Mann!", Sophie knetet geistesabwesend ihre perfekt manikürten Finger. „Dein Plan ist ja der totale Wahnsinn, Leo!" Sie grinst aufgeregt übers ganze Gesicht.

Na, gut. Ich bin offensichtlich *doch* die Einzige, der diese Idee nicht gefällt.

„Seid ihr beiden denn völlig verrückt geworden?" Ich durchbohre abwechselnd erst Sophie und dann Leo mit meinem verständnislosen Blick. „Wir können doch nicht in das Büro deines Onkels einbrechen", versuche ich die beiden zur Vernunft zu bringen, während sie sich, ohne auf mich zu hören, bereits an das Büro heranschleichen.

„Hey! Hier geblieben, ihr beiden.“ Verzweifelt schaue ich mich schnell nach allen Seiten um. „Noch hat uns niemand gesehen. Noch können wir das Ganze abblasen.“

Leider denken Leo und Sophie nicht im Traum daran, die Aktion abzubrechen.

Vor der Tür zum Büro bleiben sie stehen. Widerwillig folge ich ihnen. Als ich bei ihnen ankomme, presst Leo ein Ohr gegen die Bürotür und horcht.

„Niemand da“, flüstert sie, immer noch mit dem Ohr an der Tür. Dann kniet sie sich hinunter und schielt durchs Schlüsselloch. „Hast du mal eine Haarklammer?“, fragt sie leise in Sophies Richtung. Die greift in ihr feuerrotes Haar, fischt eine Klammer heraus und reicht sie Leo.

„Hier.“

Sofort fängt Leo an, mit der Klammer im Schloss herumzuwerkeln.

„Das machen die Einbrecher in den Filmen auch immer so“, bemerkt sie beiläufig.

Einbrecher? O Gott! Wir sind Einbrecher. Kriminelle.

„Ich fühle mich, als würde ich die Hauptrolle in einem Krimi spielen“, meint Sophie. „Und es fühlt sich einfach super an.“ Ihre Augen blitzen voller Begeisterung.

„Mal sehen, ob du dich im Gefängnis auch so super fühlst.“ Zitternd schaue ich mich immer wieder nach allen Seiten um.

„Vielleicht sollte ich Schauspielerin werden.“ Nachdenklich kaut Sophie auf ihrem Daumennagel herum. Dabei beobachtet sie, wie Leo immer noch versucht, das Schloss zu knacken. „Ja, ich könnte meinen Vater fragen, ob er mir nicht eine Rolle in einem superspannenden Krimi besorgen könnte.“

Na super. Die denkt hier an ihre Karriere und sieht sich schon auf der Bühne eines berühmten Theaters, während ich mich mit Handschellen und einer schwitzenden Zellengenossin in einem Gefängnis sitzen sehe.

„Hört mir hier denn überhaupt jemand zu?“, frage ich.

„Verdammt!“ Ohne auf mich einzugehen, holt Leo die Haarklammer aus dem Schloss. Sie ist total verbogen. „Mist. So kommen wir nicht rein.“

„Oh, darf ich? Bitte, lass es mich mal versuchen“, bettelt Sophie leise. Dabei klatscht sie wie ein kleines Mädchen in die Hände. Ich schaue sie total verdattert von der Seite an. Was ist denn mit der los?

Normalerweise wirkt Sophie für ihre dreizehn Jahre recht frühreif, was ihre Art und Weise sich zu kleiden noch unterstützt. Doch im Augenblick wirkt sie wie ein kleines Kind. Irgendwie süß. Ungewohnt, aber süß.

„Na schön.“ Leo geht ein Stück beiseite. „Von mir aus. Versuch dein Glück.“

„Das habe ich auch in einem Krimi gesehen.“ Sophie stellt sich vor die Tür, legt ganz langsam eine Hand auf die Türklinke, drückt sie hinunter und ... voilà, die Tür geht auf. Stolz wie Oskar steht Sophie vor der offenen Tür.

„Gut gemacht“, lobt Leo Sophie, klopft ihr kurz auf die Schulter und marschiert dann an ihr vorbei ins Büro. Gerade als Sophie ihr folgen möchte, melde ich mich wieder zu Wort: „Da mache ich nicht mit. Das ist eine Straftat. Dafür kommt man ins Gefängnis. Habt ihr gehört?“

Leo und Sophie drehen sich zu mir um.

„Jetzt stell dich nicht so an, Pia. Ist doch für einen guten Zweck.“

Ich muss nicht erst darüber nachdenken, um Leo recht zu geben. Marengos Leben ist wirklich ein guter Zweck. Wenn nicht sogar der allerbeste. Und wenn ich es genau betrachte, dann ist es auch kein Einbruch. Schließlich war die Tür ja gar nicht abgesperrt. Und trotzdem ...

„Wenn du Angst hast, dann bleib halt hier draußen und steh Schmiere", schlägt Leo vor. „Wenn du jemanden siehst, dann gibst du uns ein Zeichen." Sie dreht mir den Rücken zu.

„Was?!" Ich fühle mich, als wäre ich im falschen Film. „Was für ein Zeichen?"

Leo bleibt erneut stehen, dreht sich zu mir um und verdreht ihre blauen Augen. Sophie schüttelt bloß ihren Kopf.

„Sag mal, hast du denn noch nie einen richtigen Krimi im Fernsehen gesehen?"

„Keinen, in dem ich mitspielen musste", erwidere ich.

Leo seufzt. „Wenn du jemanden kommen siehst, dann machst du ein Tier nach. Das ist dann das Zeichen für Sophie und mich, dass wir uns verdünnisieren müssen, klar?"

„Klar." Ich nicke zaghaft.

„Also, halt schön die Augen offen. Und sei ganz locker." Damit verschwindet Leo zusammen mit Sophie im Büro.

Nervös kaue ich auf meinen Nägeln herum und verlagere abwechselnd mein Gewicht von einem Bein auf das andere.

„Was machst du denn hier?" Auf einmal taucht Josh neben mir auf. Ich laufe rot an. Er grinst bis über beide Ohren.

„Ich – äh – ich tanze", schwindle ich.

„Du tanzt", wiederholt Josh verwirrt.

„Hm. Das ist der – der neue – der neue angesagte – Tanz, weißt du?"

„Aha. Und ich dachte, du wartest hier einfach nur total ungeduldig auf Rolf."

Okay, diese Ausrede wäre weitaus weniger peinlich gewesen. Na ja, jetzt tanze ich halt, denke ich, und trete fingerschnippend von einem Bein auf das andere.

„Wie heißt denn der Tanz?", will Josh wissen und fängt ebenfalls an, mit den Fingern zu schnippen.

„Schnapp", sage ich das Erste, was mir in den Sinn kommt.

„Schnapp?", wiederholt er bloß wieder.

„Okay, Okay! Ich kann das nicht."

„Wieso? Sieht doch ganz gut aus", meint er und macht meine Bewegungen nach.

„Ich meine doch nicht den Tanz. Es gibt gar keinen Schnapp."

„Sondern?"

„Einen Einbruch", entgegne ich kleinlaut.

Nachdem ich Josh alles verraten habe, schaut er mich verwirrt an und meint: „Und worauf wartest du dann noch? Na los! Geh und hilf den beiden bei der Suche."

„Was?"

„Ich warte hier so lange und halte für dich die Stellung."

„Du meinst, ich soll ..."

„Ja!"

Ohne ein weiteres Wort zu sagen, drehe ich mich um und verschwinde ebenfalls im Büro.

„Ach du meine Güte! Wie sieht es denn hier aus?" Beim Anblick des riesigen Durcheinanders im Büro bleibt mir die Spucke weg.

„Ich weiß, wir haben eigentlich keine Zeit dazu, aber ich konnte nicht anders", meint Sophie. „Ich musste hier erst einmal etwas aufräumen."

„Aufräumen? Du meinst doch wohl eher verwüsten!"

„Du hast ja keine Ahnung, wie es hier noch vor fünf Minuten aussah. Was machst du eigentlich hier? Du sollst doch draußen stehen und Wache halten."

„Das hat Josh übernommen", erkläre ich, worauf Sophie anfängt schelmisch zu grinsen.

Ich kenne sie lang genug, um zu wissen, was dieses Lächeln zu bedeuten hat. Und zwar glaubt sie, dass Josh mich mehr als nur gerne hat. Wie sie auf diese Idee kommt? Das müsste ich all die anderen fragen, die das genauso sehen. Leo zum Beispiel. Wie *ich* das Ganze sehe, bleibt allerdings mein Geheimnis. Eins kann ich aber verraten. Josh ist ein ... Neee! Das behalte ich auch lieber für mich.

„Hör auf, so zu grinsen." Ich schaue Sophie etwas verärgert an. Sie spitzt ihre Lippen und schickt mir zwei, drei Luftküsschen. Ich beschließe, Sophie einfach zu ignorieren, und helfe Leo bei der Suche nach der Adresse.

Wir sind so in die Suche vertieft, dass wir gar nicht mitkriegen, wie auf einmal die Tür aufgeht und jemand den Raum betritt.

„Was ist denn hier los?!", hören wir eine tiefe Männerstimme hinter uns. Wie auf Kommando fahren Sophie, Leo und ich herum. In der Tür hat sich Rolf aufgebaut. Mit den Hände in den Hüften versperrt er den ganzen Ausgang. Seine Augen wandern von Leo, über Sophie zu mir und wieder zurück. „Was macht ihr drei hier?"

Leo, Sophie und ich wechseln ratlose Blicke aus. Wo zum Kuckuck sind jetzt bloß Leos Ideen? So was wie: Du rennst auf ihn los. Ich werfe mich auf ihn, und Sophie beißt ihm ins Ohr. Er geht zu Boden, und wir machen die Fliege.

„Was ist? Habt ihr eure Zungen verschluckt? Ich warte."

„Worauf?" Leo setzt ihren Unschuldsblick auf.

„Na, auf eine Antwort. Was habt ihr hier in meinem Büro verloren?"

„Wir – wir wollten hier nur etwas Ordnung schaffen. Dir einen Gefallen tun." Leo lehnt sich lässig gegen Rolfs Schreibtisch. Dabei kommt sie aus Versehen an einen Ordnerberg, der schwer ins Wanken gerät und vom Schreibtisch purzelt. Doch nicht ohne vorher auch noch die anderen Berge mitzureißen.

„Ups." Leo schaut auf die ganzen Akten, die nun fast den gesamten Boden bedecken. „War ich das etwa?", fragt sie unschuldig. Skeptisch zieht Rolf seine linke Augenbraue in die Höhe.

„Okay, okay! Wir sind eingebrochen", gestehe ich, um die ganze Sache nicht noch schlimmer zu machen. „Wir wollten die Adresse von Herrn Christensen herausbekommen, um noch einmal mit ihm über Marengo zu sprechen und ihm den Kopf zu waschen", sprudelt die ganze Wahrheit wie ein Wasserfall aus mir heraus, ohne dass ich etwas dagegen tun kann.

Leo und Sophie schauen mich beide wütend an.

„Was ist?" Ich zucke unschuldig mit den Schultern. „Ich musste es ihm erzählen. Was sollte ich denn sonst tun?"

„Den Mund halten!"

„Aber – aber er hat mich doch gezwungen."

„Womit?"

„Habt ihr etwa seinen Blick nicht gesehen?", frage ich und schaue vorsichtig noch einmal Rolf an. Wie eine Steinstatue steht er immer noch in der Tür. Die Augenbraue in der Höhe und der Mund ganz ernst. „Leo war unfreundlich zu einer alten Dame", schießt sofort das nächste Geständnis aus mir heraus. Schnell wende ich meinen Blick von Rolf ab, bevor ich ihm noch verrate, dass ich als kleines Kind mal einen Lutscher geklaut habe.

„Unter Folter würdest du es keine Sekunde aushalten.“ Leo schüttelt ihren blonden Schopf.

„Du doch auch nicht.“

„Das habe ich schon. Hallo. Ich habe vier Brüder. Schon wieder vergessen? Und einer davon ist der Teufel höchstpersönlich.“

Das stimmt nur zur Hälfte. Leo hat tatsächlich vier Brüder. Aber keiner davon ist wirklich der Teufel. Okay, Sebastian kommt dem, was man einen Teufel nennt, zwar sehr nah, aber Leo ist auch nicht ohne.

Die beiden lieben es, sich zu hassen. Ständig spielen sie einander irgendwelche Streiche. Doch das scheint ihnen im Blut zu liegen. Denn Leos und Sebastians Oma ist auch immer mit dabei, wenn es darum geht, jemandem einen kleinen Streich zu spielen.

„Das mit der Adresse könnt ihr euch abschminken. Und jetzt nix wie raus, bevor ihr hier wirklich noch aufräumen müsst.“

„Aber –“

„Nichts aber. Wie habt ihr euch das vorgestellt? Herr Christensen ist ein sehr guter Kunde. Ich kann den Reiterhof schließen, wenn es die Runde macht, dass ich die Daten meiner Kunden vertrauensvoll behandle. Nein, das kann ich auf keinen Fall riskieren. Ich werde den Teufel tun und euch sagen, dass all die Adressen in dem Schrank hinter dem Schreibtisch untergebracht sind. Und ich werde euch auch garantiert nicht verraten, dass der Schlüssel für diesen Schrank in dem Untersetzer meiner Topfpflanze gut versteckt ist.“

„Onkel Rolf?“

„Was ist denn noch?“

„Ich hab dich lieb“, sagt Leo, spitzt ihre Lippen und will ihrem Onkel einen Schmatzer auf die linke Wage drücken. Nur zu blöd, dass sie es mit zu viel Schwung macht. Und so wird aus dem geplanten Schmatzer am Ende eine ungeplante und schmerzhafte Kopfnuss.

„Aua!“ Leos Onkel kneift die Augen zu.

„Tut mir leid.“ Leo reibt sich die Stirn. „War eigentlich anders geplant.“

„Tja“, seufzt Sophie. „Liebe tut halt weh.“

Ein sanftes Lächeln huscht über Rolfs Gesicht. Dann verzieht er es wieder zu einer strengen Miene.

„Das wird euch jetzt auch nicht weiterhelfen!“, schimpft er. „Ihr habt es ja nicht anders gewollt. Und jetzt macht euch an die Arbeit. Wenn ich zurückkomme will ich ein ordentliches Büro vorfinden. Anderenfalls muss ich euch wegen Einbuchs anzeigen“, sagt er gespielt streng, zwinkert uns kurz zu und verlässt wieder sein Büro. Dabei rennt er fast seinen Sohn über den Haufen, der einen zurückhaltenden Schritt über die Türschwelle wagt.

„Und du, mein Sohn, passt hier schön auf, dass die Mädels keine Dummheiten machen“, gibt er Josh den Befehl. „Ich muss nämlich wieder zurück an die Arbeit.“ Er stampft davon.

„Was bist du denn für ein mieser Schmieresteher?“, will Leo von ihrem Cousin wissen, nachdem Rolf abgedampft ist.

„Hä?!“

„Ja, hat dir Pia nicht gesagt, dass du uns ein Zeichen geben sollst, sobald dein Vater im Anmarsch ist?“

„Moment! Was kann ich denn dafür, wenn ihr anscheinend taub seid? Ich habe ein Tiergeräusch nach dem anderen nachgeahmt, um euch zu warnen, aber ihr habt ja nicht reagiert!“

„Was für Tiergeräusche? Wir haben nichts gehört."

„Das ist nicht euer Ernst. Ich habe mir die Seele aus dem Leib gewiehert."

„Du hast gewiehert?"

„Ja."

„Dir ist aber schon klar, dass wir uns hier auf einem Reiterhof befinden?"

„Ja."

„Und dass Wiehern hier nichts Ungewöhnliches ist?"

„Ja."

„Und wieso zum Kuckuck wieherst du dann?"

„Ich dachte, dass es eine gute Idee wäre."

„Du hälst es für eine gute Idee, als Warnzeichen auf einem Reiterhof, wo es vor Pferden nur so wimmelt, zu wiehern?!"

„Hm." Josh kratzt sich nachdenklich am Hinterkopf. „Also jetzt, wo du es sagt, klingt es auf einmal nicht mehr so gut. Aber vorhin in meinem Kopf hat es einfach gepasst", meint er etwas kleinlaut.

„Ich kann es nicht fassen, dass du tatsächlich der Sohn des Bruders von meinem Vater bist und wir beide wirklich miteinander verwandt sind." Leo dreht sich kopfschüttelnd von Josh weg. „Schau mal, ob du den Schlüssel in dem Untersetzter da findest", sagt sie zu Sophie, die sich sofort auf die Suche macht.

„Taraaa!" Sie hält kurz den Schlüssel in die Höhe und wirft ihn dann Leo zu.

Gefangen! Leo steckt den Schlüssel ins Schloss, dreht in um und öffnet den Aktenschrank.

Vier paar Augen durchleuchten auf die Schnelle Aktenrücken für Aktenrücken.

„Ah, da haben wir ihn ja." Ich fische eine Akte aus dem Schrank. Sofort versammeln sich die anderen um mich herum und starren gemeinsam mit mir in die aufgeschlagene Akte.

„Herr Christensen. Waldhauenerstraße 44", liest Sophie über meine Schulter vor.

„Ich kenne die Straße." Leo nimmt mir die Akte aus den Händen, schlägt sie zu und steckt sie wieder zurück zwischen all die andern. „Auf in den Kampf, Mädels!"

5. Kapitel, in dem mir die Tür vor der Nase zugeschlagen wird

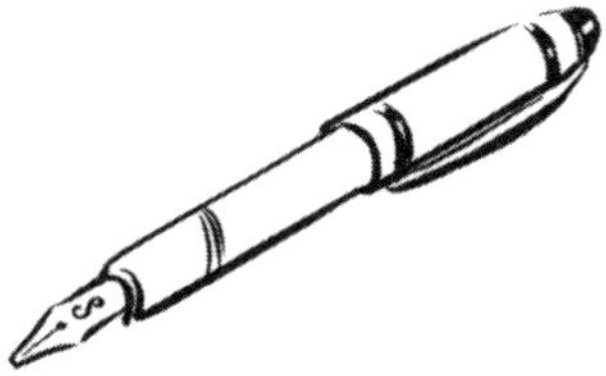

Nichts! Wir haben gestern absolut nichts erreichen können, Tabu. Als wir am frühem Abend an Herrn Christensens Haus ankamen und an der Tür geklingelt haben, blieb sie verschlossen. Denn es war niemand da.

Am liebsten hätte ich die ganze Nacht vor Herrn Christensens Haus auf seine Rückkehr gewartet, um mit ihm so schnell wie nur möglich über Marengo zu reden. Aber nach drei Stunden Warterei konnten Leo und Sophie mich schließlich doch überreden, nach Hause zu fahren.

Davor habe ich allerdings noch einen Abstecher zum Reiterhof gemacht. Ich wollte Marengo unbedingt noch einmal sehen, bevor ich nach Hause fahren musste.

Als ich ihn dann in seiner Box stehen sah, sind mir sofort wieder Tränen in die Augen geschossen. Dabei hatte ich mir ganz fest vorgenommen, nicht zu heulen.

Und als Marengo mich dann auch noch tröstend angestupst hat, war es vollkommen um mich geschehen. Ich heulte wie ein kleines Mädchen.

Ich kann mir ein Leben ohne Marengo einfach nicht vorstellen. Ich kann nicht und ich will auch nicht! Er gehört mittlerweile zu mir, wie Leo oder Sophie. Wie mein Arm oder mein Bein. Ohne Marengo würde ich nicht ganz sein.

Wenn ich auf seinem Rücken durch den Wald galoppiere weiß ich nicht, wo ich aufhöre und er anfängt. Wir sind eine Einheit. Nur zusammen sind wir stark. Ich weiß, das klingt etwas schnulzig und abgedroschen, aber so ist es nun einmal.

14. Mai, Pia

Kaum habe ich meinen Eintrag beendet, klopft es plötzlich an meiner Zimmertür.

„Herein."

Meine Mutter kommt rein.

„Hi", sagt sie.

„Hi", entgegne ich. Meine Mutter schaut mich nur an und lächelt. „Ist was?", will ich wissen.

„Hm? Nein, nein." Sie kommt auf mich zu. „Ich wollte nur mal gucken, was du so treibst. Und? Was treibst du?" Sie stellt sich hinter meinen Stuhl und legt beide Hände auf meine Schultern. „Hausaufgaben?" Ich schaue auf Tabu hinunter, das auf meinem Schreibtisch liegt, und klappe es zu.

„Wir haben übers Wochenende ausnahmsweise mal keine aufbekommen. Ich hab nur gerade Tabu mit ein paar Buchstaben, Worten und Sätzen gefüttert."

„Verstehe", entgegnet meine Mutter, während sie mir mit einer Hand übers Haar streicht. Das hat sie schon lange nicht mehr gemacht. Ich wusste bis gerade eben gar nicht, wie sehr es mir gefehlt hat.

Seit meine Mutter mit Salvatore verheiratet ist, komme ich mir manchmal wie ein fünftes Rad am Wagen vor. Doch dieses Gefühl nehme ich gerne in Kauf, wenn meine Mutter bloß glücklich ist. Denn das war sie mit meinem Vater leider schon lange nicht mehr.

Ich bin froh, dass Salvatore und sie sich so gut verstehen. Umso weniger begreife ich, wieso sie sich seit ein paar Tagen so seltsam verhält. Sie wirkt irgendwie bedrückt und niedergeschlagen. Und da will ich sie auf keinen Fall noch mit meinen Sorgen um Marengo belasten.

„Du hast doch was, Mutti“, fange ich wieder an.

„Es ist nichts. Es ist nur ...“ Sie stockt.

„Was?“ Ich drehe meinen Kopf zur Seite und schaue zu ihr hinauf.

„Wie wäre es mit einem Mädelsabend?“, meint sie auf einmal gespielt fröhlich. „Nur wir zwei, hm? Ich mache uns Popcorn und besorge einen lustigen Film aus der Videothek?“ Sie schaut mich fragend und hoffnungsvoll an. „So wie in den guten alten Zeiten. Was meinst du?“

„Klar“, antworte ich. „Wieso nicht? Und was machen wir solange mit Salvatore?“

„Ach, den werden wir schon irgendwie los“, witzelt sie, als es unten an der Tür klingelt. Meine Mutter löst sich von meinen Haaren und steuert auf die Tür zu. Bevor sie jedoch mein Zimmer verlässt, dreht sie sich noch einmal zu mir um. „Sagen wir heute Abend um halb sieben?“

„Hm“, ich nicke, und meine Mutter verschwindet mit einem zufriedenen Lächeln nach unten zur Tür.

Zwei Minuten später stolpert Leo in mein Zimmer. Gefolgt von Sophie, die sie gerade noch rechtzeitig auffangen kann, bevor Leo den Boden küsst.

„So ein Mist!“, regt sich Leo auf.

„Gern geschehen“, erwidert Sophie.

„Was ist denn los?“, will ich von Leo wissen.

„Ach, ich weiß selbst nicht. Scheint, als würde ich vom Pech verfolgt oder so. Seit ich aufgestanden bin, geht dauernd irgendetwas schief. Ich bin sogar auf einen meiner eigenen Streiche hereingefallen, den ich eigentlich für Sebastian geplant hatte.“

Sophie und ich fangen an zu lachen.

„Das ist überhaupt nicht komisch. Es dauert Monate, bis die Farbe von meinem Hintern abgeht“, sagt sie etwas gereizt. „Fragt bloß nicht!“, fügt sie schnell hinzu, als sie die Fragezeichen in unseren Gesichtern sieht. Und auch wenn ich zu gerne wüsste, was es mit der Farbe auf Leos Hintern auf sich hat, verkneife ich mir die Frage und schnappe mir den Pulli von gestern, der schön gefaltet auf dem Stuhl neben meinem Bett liegt. Ich weiß, es ist ziemlich untypisch für eine Zwölfjährige, so ordentlich zu sein wie ich, aber was soll ich tun? Ich bin nun mal wie ich bin.

„Zieh dich lieber etwas wärmer an“, meint Sophie, als ich mir gerade den Pullover über den Kopf ziehen will. „Heute ist es recht kühl draußen.“

„Kühl? Oder richtig kühl?“

„Richtig kühl.“

„Okay.“ Ich ziehe den dünnen Pulli wieder aus und fange an, ihn zusammenzufalten.

„Sag mal, was treibst du denn da?“ Leo schaut mich fragend an.

„Ich falte den Pulli wieder zusammen, wieso?“

„Gib mal her.“ Leo rupft mir den Pulli aus den Händen. „Ich zeige dir jetzt, wie das geht. Mit meiner Methode sparst du eine Menge Zeit.“ Im Nu zerknüllt sie meinen Pulli und stopft ihn einfach in meinen Kleiderschrank. „Siehst du?", präsentiert sie stolz ihr Werk.

„Super", murmle ich.

„Und jetzt schnapp dir etwas anderes zum Anziehen und lass uns verschwinden."

„Sofort", sage ich und stecke meinen Kopf in den Kleiderschrank. „Ich suche nur noch ganz schnell nach meinem roten Kapuzenpulli, den mir mein Vater geschenkt hat, bevor ich aus Düsseldorf weggezogen bin", meine ich, während ich fleißig in meinem Kleiderschrank rumkrame.

„Komm schon, Pia." Leo wird langsam ungeduldig. „Nimm einfach irgendeinen anderen Pulli. Wir haben doch keine Zeit."

„Ich weiß, aber ich will unbedingt den Pulli von meinem Vater. Er ist mein Glückspulli. Und Glück können wir echt gebrauchen, wenn wir Herrn Christensen überzeugen wollen, Marengo nicht verwursten zu lassen", sage ich und krieche auf der Suche nach dem Pulli fast ganz in meinen Kleiderschrank.

„Glückspulli", wiederholt Leo verächtlich. „Einbildung. Blöder Aberglaube."

„Ich helfe dir beim Suchen." Sophie geht mir zur Hand. „Dann geht es vielleicht schneller." Sie nimmt meinen Schrank unter die Lupe.

Leo stöhnt genervt auf. Und so wie ich sie kenne, verdreht sie dabei auch ganz sicher ihre Augen.

Während ich immer noch nach meinem roten Pullover suche, höre ich Leo an meinem Schreibtisch rumhantieren. Neugierig ziehe ich meinen Kopf aus dem Kleiderschrank und sehe, wie Leo nach Tabu greift. Doch kaum hat sie es zwischen den Fingern, entgleitet es ihr auch schon wieder und landet auf dem Boden.

Leo verkneift sich einen Wutanfall und bückt sich, um Tabu wieder aufzuheben. Dabei tritt sie es aus Versehen ein Stückchen weg, macht in gebückter Haltung einen Schritt darauf zu und donnert mit dem Schädel gegen meine Stuhllehne.

„Das ist ja zum Haare raufen!", kann sie es sich nicht mehr verkneifen.

Sophie und ich schauen uns kurz schweigend an und verkriechen uns dann schnell wieder in meinem Kleiderschrank.

„Ha! Hab ich dich doch." Leo setzt sich an meinen Schreibtisch, schlägt Tabu auf und greift nach meinem Füller, der auf der Arbeitsplatte liegt.

Als sie bemerkt, dass Sophie und ich sie wieder anschauen, dreht sie ihren Kopf in unsere Richtung und meint: „Was ist? Habt ihr nichts anderes zu tun, als mich anzuglotzen?"

Sofort wenden wir unseren Blick von ihr ab und machen weiter, womit wir gerade aufgehört haben: Ich suche in meinem Kleiderschrank weiter nach meinem Pulli, und Sophie hilft mir glücklicherweise dabei.

Seitdem wir gestern aus dem Wald zurückgekehrt sind, ist Leo wie ausgewechselt. Andauernd geht irgendetwas schief. Es scheint, als würde sie wirklich von Pech verfolgt werden.

„So eine Kacke!!!", ruft sie auf einmal laut.

„Was ist passiert?"

„Na, das ist passiert!" Sie wirft meinen Füller beiseite und tippt auf Tabu. Ich ziehe schnell den Kapuzenpulli über den Kopf und laufe zusammen mit Sophie zu Leo hin.

Als wir ihr beide gleichzeitig über die Schulter schauen, erblicken wir einen riesigen Tintenfleck. So groß, dass er einen großen Teil von Marengos Pferdegesicht verdeckt.

„Dein blöder Füller ist ausgelaufen und hat mein Bild versaut."

Ich schaue auf Leos Finger hinunter.

„So wie es aussieht, ist nicht nur das Bild versaut, sondern auch deine Finger."

„Meine Finger sind nicht so wichtig, aber das Bild!"

Leo ist wirklich eine richtige Künstlerin. Tabu ist voll von ihren Kunstwerken. Ob Bilder, Skizzen oder gar Comics – alles ist drin. Deshalb ist es wirklich schade um das Bild, das jetzt durch den Tintenfleck verhunzt ist.

„Du kannst ja ein neues malen", versucht Sophie sie zu beruhigen.

„Ja, aber bitte nicht jetzt", erwidere ich. Leo schlägt Tabu zu, steht auf und reicht es mir.

„Pia hat recht. Jetzt haben wir etwas Wichtigeres vor. Kann es endlich losgehen?"

Ich nicke eifrig und verstaue Tabu in meinem Rucksack.

„Vergiss nicht. Heute um sieben!“, ruft meine Mutter mir hinterher, als ich mit Leo und Sophie aus dem Haus stürme.

„Ja!“, rufe ich und mache die Tür zu.

„Was ist denn heute Abend um sieben?“, will Sophie von mir wissen, während wir uns wieder auf den Weg zu Herrn Christensens Haus machen.

„Meine Mutter und ich wollen einen Mädelsabend machen. Nur sie und ich. So wie früher, als wir noch zu zweit waren.“

„Ich wünschte, ich könnte mit meiner Mutter auch so einen Mädelsabend machen. Aber leider hat meine Mutter nie Zeit. Genau wie mein Vater. Die beiden arbeiten ständig. Ich bekomme sie ja fast nie zu Gesicht. Ich könnte mir höchstens einen Mädelsabend mit meiner Schwester Jessica oder mit unserer Putzfrau Daria machen. Aber das ist nicht dasselbe.“ Sophie macht ein betrübtes Gesicht und tritt dann fester in die Pedalen.

Sophies Mutter ist eine schwer gefragte Innenarchitektin und ihr Vater ein waschechter Schauspielagent. Die paar Mal, die ich Sophies Eltern gesehen habe, klebten sie entweder an ihren Handys oder an ihren Terminkalendern. Stets stark beschäftigt und unter Druck.

Da bin ich über meine Mutter schon ganz froh. Dadurch, dass sie zu Hause arbeitet, kann ich sie sehen, wann immer ich möchte. Das Gleiche gilt natürlich auch für sie. Klar geht mir Mama manchmal auch ganz schön auf die Nerven, aber das ist ja ihr Job als Mutter.

„Da wären wir“, stellt Leo fest, als wir Herr Christensens Einfahrt hochfahren. „Hoffentlich ist er heute zu Hause.“

„Sein Auto steht jedenfalls hier.“

„Und was ist das? Etwa das Begrüßungskomitee?" Sophie wirft einen ängstlichen Blick zu den beiden Dobermännern, die knurrend auf dem Rasen stehen und uns nicht aus den Augen lassen.

„Wo kommen die denn auf einmal her?", will ich wissen, während ich ganz langsam von meinem Rad steige. „Die waren gestern doch noch nicht da, oder?"

„Nicht dass ich wüsste." Sophie geht hinter mir in Deckung. Zitternd krallt sie sich an meinem Oberarm fest, als plötzlich einer der Hunde einen Schritt auf uns zumacht. Sofort weichen wir respektvoll zurück. Jetzt bewegt sich auch noch der andere. Sophie und ich machen noch einen Schritt rückwärts. Nur Leo bleibt einfach stehen.

„Was seid ihr denn für Angsthasen?" Sie dreht sich um und macht sich über uns lustig. „Hallo", begrüßt sie dann die Hunde. Dabei streckt sie ihren rechten Arm aus und geht langsam auf die Tiere zu. Die Hunde fangen an laut zu bellen. Und in den Pausen zwischendurch knurren sie.

„Äh – Leo", beginne ich.

„Ja?", fragt sie, ohne sich umzudrehen oder stehen zu bleiben.

„Ich – ich glaube, du solltest das lassen."

„Was meinst du?"

„Na, dich als Hundefutter anzubieten", erwidert Sophie an meiner Stelle.

„Die tun nichts. Sie wollen doch nur spielen!"

„Sicher. Und zwar mit ihren scharfen Zähnen."

„So ein Quatsch. Die haben mehr Angst vor uns als wir vor ihnen."

„Wie kommst du denn darauf? Machen sich die zwei Bestien etwa auch gerade aus Angst vor uns in die Hose?", will Sophie wissen, während sie mich immer noch als lebendes Schutzschild benutzt.

„Jetzt stellt euch doch nicht so an wie zwei kleine Mädchen."

„Vielleicht ist dir das ja entgangen, aber wir sind Mädchen."

„Was du nicht sagst", erwidert sie und geht weiter auf die Tiere zu.

Plötzlich macht einer der Hunde einen Satz nach vorne. Leo fällt vor Schreck hin, rappelt sich schnell wieder auf, dreht sich um und ruft: „Lauft! Lauft!" Sie rennt auf uns zu. Die Hunde hinterher. Sophie und ich nehmen unsere Beine in die Hände und sausen ebenfalls los.

Wie eine Rakete düst Leo dann eine Sekunde Später an uns vorbei, die Hunde immer noch auf ihren Fersen. Verdattert bleiben Sophie und ich stehen und schauen Leo und ihren Verfolgern hinterher.

So wie es aussieht, haben die Hund es wohl nur auf Leo abgesehen. Sophie und mir haben die beiden nicht einen einzigen bösen Blick zugeworfen, ganz im Gegenteil. Als Leo die zweite Runde ums Haus dreht, stelle ich mich den Hunden mutig in den Weg. Sofort bleiben sie stehen, wackeln mit ihren Schwänzchen und geben Pfötchen.

„Oh, sind die süß." Ich gehe vor den beiden in die Hocke und streichle ihnen über die Köpfe. Mit flinken Zungen lecken sie meine Hände. Auch meine Wangen kriegen etwas ab.

„Hä?" Leo bleibt stehen, macht ein verdattertes Gesicht und schnappt erschöpft nach Luft.

„Ich will sie auch mal streicheln." Sophie gesellt sich zu mir. Die Hunde lassen sich die Streicheleinheiten von uns beiden richtig gefallen.

Jetzt will es Leo aber auch noch mal wissen. Nachdem sie sich von der Jagd gerade etwas erholt hat, spaziert sie auf uns zu. Doch kaum ist sie bis auf wenige Schritte an uns herangekommen, beziehen die Hunde wieder Kampfstellung. Sie durchbohren Leo mit bösen Blicken und knurren sie an.

„Ich verstehe das nicht." Leo macht ein paar Schritte rückwärts. Und siehe da, die beiden Wauwaus entspannen sich und sind wieder wie zwei zahme Kätzchen. „Ich habe mich doch immer blendend mit Tieren verstanden. Egal ob Kühe, Schweine, Hühner, Pferde, Katzen, Hunde ... Ich bin mit allen möglichen Tieren aufgewachsen. Was ist bloß mit diesen zwei Hunden los?"

„Womöglich liegt es nicht an den Hunden", gibt Sophie zu bedenken, während sie immer noch einen der Hunde streichelt.

„Etwa an mir oder was?"

Als Antwort zuckt Sophie nur mit den Schultern.

„So ein Quatsch! Und jetzt hört auf, die beiden Köter zu streicheln. Wir sind hier doch nicht in einem Streichelzoo. Bindet sie an oder so was."

Nachdem Sophie und ich die Dobermänner an ihre Hundehütte gebunden haben, gehen wir mit Leo zur Haustür. Ich atme tief durch, Sophie schaut mich an, und Leo drückt auf die Klingel.

Während wir darauf warten, dass uns jemand die Tür öffnet, sage ich mir immer wieder, dass ich nicht heulen werde. Nein! Ich werde nicht heulen. Egal, was passiert. Egal, was Herr Christensen sagt, ich werde nicht heulen. Denn wenn ich heule, kann ich keinen klaren Gedanken fassen. Und das muss ich, wenn ich Herrn Christensen davon überzeugen will, Marengo nicht an einen Metzger zu verkaufen. Ich werde lieb und nett sein. Ruhig und bedacht.

„Ja, bitte?“ Die Tür geht auf, und Herr Christensen persönlich steht vor uns.

Dieser – dieser Mistkerl! Mörder, Verräter. Eisblock!

„Guten Tag, ich bin ...“

„Pia, richtig? Ich erinnere mich an dich. Du bist das Mädchen, das sich so toll um Marengo kümmert, stimmt's?“

„Hm.“ Ich nicke schüchtern.

„Was kann ich denn für euch Mädchen tun?“

„Eine Menge“, ergreift Leo das Wort, worauf die beiden Hunde sofort wieder zu bellen anfangen.

„Dixie! Trixie! Aus!“ Herr Christensen sieht seine Hunde streng an. „Was ist bloß in euch gefahren?“, wundert er sich.

„Wir würden gerne mit ihnen über Marengo sprechen“, sage ich.

„Ich verstehe.“ Herr Christensen atmet schwer.

„Sie dürfen ihn nicht verkaufen.“

„Natürlich darf ich das. Er gehört mir.“

„Ja, ich weiß, aber haben Sie denn kein Herz? Marengo ist so ein tolles Pferd. Sie können ihn doch nicht einfach verwursten lassen.“

„Marengo ist nicht mehr der Jüngste. Ich kann nichts mit ihm anfangen. Er lässt sich nicht einmal richtig reiten. Du hast es doch selbst gesehen.“

„Ja, aber das lag doch nicht an Marengo. Er ist ein ausgezeichnetes Reitpferd.“

„Das mag ja alles sein, aber ich habe trotzdem keine Verwendung mehr für ihn. Er bringt mir nur Kosten. Unterbringung, Futter, Arzt ... Ich bin nicht mehr bereit, monatlich so viel Geld zu zahlen für ein Pferd ohne Verwendung.“

„Aber –“, fange ich wieder an.

„Eure Mühen in Ehren, aber es hat keinen Sinn. Ich habe mich bereits entschieden. Marengo wird verkauft.“

„Einfach so?“ Ich spüre, wie mir die Tränen kommen.

„Einfach so“, erwidert Herr Christensen kalt.

Ich verstehe es nicht. Es ist, als würde ich mit einer Wand reden. Marengo ist doch nicht irgendein Gegenstand, den man einfach wegwirft, wenn man genug von ihm hat. Er ist ein Lebewesen. Mit Gefühlen.

„Ist sonst noch was?“, erkundigt sich Herr Christensen gelangweilt.

Bei seinem Anblick verkrampft sich mein ganzer Körper. Mir wird schlecht. Ich balle meine Hände zu Fäusten und starre ihm fest und ohne zu zwinkern in die Augen. Doch wenn ich geglaubt habe, vielleicht ein wenig Güte und Verständnis in seinen Augen zu finden, so war es ein Irrtum. Seine Augen sind starr und kalt. Genau wie sein Herz. „Wenn das alles war, dann möchte ich euch jetzt bitten zu gehen.“

Leo und Sophie machen resignierend einen Schritt zurück. Ich hingegen bleibe wie angewurzelt stehen. „Auf Wiedersehen!“, sagt Herr Christensen und macht mir schließlich die Tür vor der Nase zu.

Ich kann mich immer noch nicht rühren. Ich kann gar nichts. Ich kann nicht atmen, ich kann nicht klar denken – und ich kann nicht ohne Marengo leben!

Als mir bewusst wird, dass ich es wahrscheinlich trotzdem bald tun muss, breche ich zusammen. Meine Beine sind auf einmal zu schwach, um mich zu tragen, und ich sinke auf den Stufen in mich zusammen.

„Ich – ich ...“, schluchze ich. „... ich kann nicht.“

„Pia!“ Leo und Sophie setzen sich zu mir und umarmen mich. Eine ganze Weile sitzen wir nur so da.

Als ich mich wieder einigermaßen beruhigt habe, steht Leo auf. Sie reicht mir ihre Hand.

„Kommt“, meint sie. „Lasst uns gehen.“ Zu Tode betrübt verlassen wir das Grundstück.

„Wir geben noch nicht auf“, meint Sophie, während sie ihr Rad neben sich herschiebt.

„Noch ist der Kampf nicht verloren!“, versucht Leo mich mit ihren Kampfparolen aufzubauen. „Du wirst sehen. Wir werden Marengo schon vor dem Pferdemetzger retten!“

„Glaubt ihr das wirklich?“ Ich wische mir die Tränen von den Wangen und atme auf.

„Na klar!“, rufen Leo und Sophie so entschlossen, dass ich ihnen glaube.

Auf dem Weg zum Reiterhof versuchen die beiden mich weiter aufzumuntern. Dabei stolpert Leo ungewollt von einer Katastrophe in die nächste.

Zuerst tritt sie in einen Ameisenhaufen und wird von den kampflustigen Krabblern angegriffen. Dann tappt sie in einen gigantischen Haufen Wildschweinkacke. Und zu guter Letzt läuft sie mitten durch ein riesiges Spinnenetz, das sich quer über ihr ganzes Gesicht spannt.

Sie kneift die Augen zu, fängt an zu spucken, streift sich die Spinnweben aus dem Gesicht und flucht vor sich hin.

Sophie und ich beobachten alles aus sicherer Entfernung und versuchen, uns das Lachen zu verkneifen, um Leo bloß nicht noch mehr aufzuregen. Denn genervt und geladen ist sie schon seit gestern. Und zwar mächtig.

„So ein verdammter Mist! Mist, Mist, Mist! Was ist bloß mit mir los?!“, fragt sie sich selbst, während sie immer noch versucht, sich von den Spinnweben zu befreien. „Es ist, als würde mir der liebe Gott einen Streich nach dem anderen spielen. Und ich kann es ihm nicht einmal heimzahlen. Das ist nicht fair! Hast du gehört? Das ist nicht fair!!!“, ruft sie in den Himmel. In diesem Moment verdichten sich die Wolken, und es fängt an zu nieseln. „Verflucht und zugenäht!“

„Moment mal!“, fällt es mir plötzlich wie Schuppen von den Augen. Ich bleibe stehen.

„Was ist?“ Sophie dreht sich nach mir um.

„Was hast du gerade gesagt?“, frage ich in Leos Richtung.

Die schaut mich total verdattert an. „Hast du etwa was an den Augen?“

„Hä?“

„Ich meine an den Ohren. Verflucht. Jetzt hab ich auch noch einen Sprachfehler.“

„Ganz genau!“

„Geht es nur mir so? Oder verstehst du sie auch nicht?“, will Leo von Sophie wissen.

„Es ist ein Fluch“, fahre ich fort.

Sophie schaut mich verklärt an. „Jaaa“, haucht sie dann und nickt. „Du hast recht.“

„Könntet ihr mich vielleicht mal aufklären?“

„Aber das ist doch ganz einfach“, fängt Sophie an. „Du bist verflucht.“

„Wie bitte?“

„Überleg doch mal. Seit wann hast du dieses Pech, hä?“ Ich setze mich langsam wieder in Bewegung.

„Angefangen hat es schon vor meiner Geburt. Und zwar als Sebastian auf die Welt gekommen ist.“

„Jetzt mal im Ernst.“

„Sehe ich etwa aus, als würde ich scherzen?“, fragt sie und fängt mit dem rechten Auge an zu zucken.

„Was hast du denn jetzt wieder?“

„Na, was wohl? Ich hab was im Auge.“

„Mensch, Leo. Siehst du das denn nicht? Das alles können keine Zufälle sein.“

„Dann ist es halt Schicksal. So etwas wie Flüche gibt es nämlich nicht. Das ist alles nur blöder Aberglaube. Abgesehen davon, wer soll mich denn schon verflucht haben?“

„Jemand, zu dem du nicht besonders nett gewesen bist.“

„Ich bin immer nett.“

Sophie und ich ziehen skeptisch unsere Augenbrauen in die Höhe.

„Na gut. Aber fast immer. Immer wenn ich nicht gerade unfreundlich bin.“

„Und gestern warst du besonders unfreundlich.“

„Ihr meint zu der alten Frau?“

Sophie und ich nicken im Chor.

„Aber das war doch keine Hexe. Die gibt es nur in Märchen.“

„Na, ich weiß nicht. Sie war schon etwas seltsam und unheimlich. Da passt doch alles zusammen. Dieser Rabe, ihr Genuschel, während sie dich total fixiert hat ...“

„Ja, und dann hat sie zu uns doch noch gesagt, dass wir gut auf dich aufpassen sollen. Das würde nämlich in der nächsten Zeit nötig sein“, gibt Sophie zu bedenken.

„Papperlapapp! Das ist doch alles – aua!!!“

„Was ist passiert?“

„I hab mia auf die Chunge gebichen.“

„Ein Fluch!“, sage ich. Leo wird nachdenklich.

„Meint ihr wirklich, dass die Alt – äh, ich meine, dass diese Frau mich verflucht hat?“

„Anders können wir uns das Pech, das du seit gestern hast, nicht erklären.“

„Hm.“ Leonie legt ihre Stirn in Falten und grübelt angestrengt. „Wenn ich wirklich vom Pech verfolgt werde, dann – dann solltet ihr euch lieber von mir fernhalten.“

„Oder wir halten zusammen und statten Denastia einen Besuch ab. Du entschuldigst dich bei ihr und bittest sie, den Fluch wieder rückgängig zu machen.“

„Ich soll was?! Mich entschuldigen? Wofür denn? Das mache ich nicht. Auf keinen Fall. Nur über meine Leiche!“

„Pass lieber auf, was du sagst.“ Sophie und ich schauen Leo ernst an.

„Genau. Du solltest vorsichtiger sein mit deinen Worten.“

„Ach, ihr spinnt doch.“ Leo winkt genervt ab und setzt sich wieder in Bewegung. „Na, was ist? Kommt ihr auch, oder wollt ihr da Wurzeln schlagen?“, fragt sie und läuft mitten hinein in eine riesige Pfütze.

6. Kapitel, in dem ich es noch einmal wissen will

Als ich am späten Abend wieder in mein Zimmer komme, schnappe ich mir mein Sparschwein und lasse es einfach auf den Boden fallen. Das Schwein zerfällt in tausend Teile. Hastig sammle ich das ganze Geld auf und setze mich damit auf mein Bett.

Nach dem Besuch bei Herr Christiansen konnte ich einfach nicht aufhören, an Marengo zu denken. Ich habe mir den Kopf zerbrochen, was ich noch machen könnte, um meinen Liebling vor dem Pferdemetztger zu bewahren. Leider ist mir nichts eingefallen. Na ja, fast nichts.

Ist das etwa alles? Ich betrachte enttäuscht das Geld, das auf meinem Bett liegt. Es ist alles, was ich gespart habe. Ein Teil meines Taschengeldes und das, was ich mir selbst dazuverdient habe.

Denn bevor ich Sophie richtig kennengelernt habe und ich sie noch gar nicht mochte, hat mir ihr Vater einen Job angeboten, mit dem ich mir mein Taschengeld aufbessern konnte. Ich sollte mich ein bisschen um Aurora, Sophies Stute, kümmern. Ihre Box ausmisten beispielsweise oder sie füttern, striegeln und putzen. Und dafür habe ich jeden Monat fünfzig Euro bekommen. Ich habe jeden einzelnen Cent gespart. Zusammen mit dem, was ich von meinem Taschengeld zur Seite gelegt habe, komme ich auf genau dreihundertfünfzig ..., dreihundertsechzig ..., dreihundertsiebzig ..., dreihundertfünfundsiebzig Euro und dreizehn Cent! Mehr hab ich leider nicht. Das muss einfach reichen.

Ich stopfe das Geld in meine Hosentasche und haste die Treppen hinunter. Ohne mich von meiner Mutter zu verabschieden, laufe ich aus dem Haus, schnappe mir mein Fahrrad und trete in die Pedalen.

Während ich den schnellsten Weg durch den Wald zu Herrn Christensen fahre, schicke ich ununterbrochen Stoßgebete zum Himmel.

Bitte, lass ihn seine Meinung ändern. Bitte lass ihn zur Vernunft kommen. Er darf Marengo nicht verkaufen. Wenn er schon nicht auf mich hören wollte, dann soll er doch wenigstens auf das Geld in meiner Hosentasche hören.

In einem Film habe ich mal den Satz gehört: Jeder ist käuflich – Es kommt nur auf den Preis an. Und wie hoch Herrn Christensens Preis ist, werde ich gleich herausfinden, denke ich und fahre auch schon die Einfahrt hinauf.

Wenige Meter vor Herrn Christensens Haus springe ich noch während der Fahrt vom Rad, lasse es einfach fallen und eile zur Haustür.

Mit tränenverschmiertem Gesicht und zitternden Fingern drücke ich auf die Klingel.

Durch die milchige Glastür sehe ich, wie das Licht im Flur angeht und eine dunkle Gestalt auf die Tür zusteuert.

„Was willst du denn schon wieder hier? Ich dachte, wir hätten heute Mittag bereits alles geklärt.“

Ich hole das ganze zerknüllte Geld aus meiner Hosentasche.

„Hier“, ich reiche es Herrn Christensen.

„Was soll ich damit?“

„Ich will ihnen Marengo abkaufen“, sage ich und ringe um Fassung. Schließlich will ich mir nicht wieder die Blöße geben und vor ihm heulen. Ich darf keine Schwäche zeigen – das ist eine knallharte Geschäftsverhandlung. Ich werde nicht wie ein kleines Mädchen hier stehen und heulen. Ich werde stark sein. Für Marengo!

Herr Christensen schaut auf das Geld in seinen Händen.

„Ich weiß, dass es viel zu wenig ist für ein Pferd wie Marengo. Aber mehr hab ich nicht.“

Herr Christensen schüttelt wortlos den Kopf, während sein Blick immer noch auf dem Geld in seinen Händen ruht.

„Tut mir leid, Pia. Aber ich kann dir Marengo nicht verkaufen.“ Er gibt mir das Geld wieder zurück.

„Wieso nicht? Sie wollen mehr Geld? Ich werde mehr auftreiben. Ich brauche nur etwas Zeit.“

Herr Christensen schüttelt wieder seinen Kopf. In diesem Moment blitzt und donnert es. Die Wolken am Himmel ziehen sich zusammen.

„Fahr nach Hause, Mädchen. Es fängt gleich an zu regnen.“

„Aber Marengo ...“

„Marengo ist bereits verkauft!“ Er schließt die Tür. Das Licht im Flur geht aus, und es fängt an zu regnen.

Marengo ist bereits verkauft? Das kann nicht sein! Das darf nicht sein! Mein Herz schlägt so schnell und stark, dass ich das Gefühl habe, es bohrt sich gleich durch meine Brust und landet auf dem nassen Zementboden.

Völlig fassungslos schleppe ich mich zurück zu meinem Fahrrad, greife nach dem Lenker und schiebe das Rad langsam die Einfahrt hinunter.

Noch bevor ich das Grundstück verlasse, bin ich bis auf die Knochen nass. Der Regen vermischt sich mit den Tränen in meinem Gesicht. Und die tiefe und dunkle Nacht macht sich auch in mir breit.

Es ist vorbei. Es ist alles vorbei. Marengo wird – ich stocke. Der Gedanke an seinen bevorstehenden Tod ist so schmerzvoll, dass ich nicht weiter denken mag.

Was soll ich denn jetzt noch machen? Ich fühle mich, als hätte jemand die Zeit angehalten. Ich möchte gegen die Starre ankämpfen, doch es geht nicht. Ich bin wie gelähmt, zu schwach. So schwach, dass ich nicht einmal die Kraft aufbringe, um mich wieder auf mein Fahrrad zu setzen und nach Hause zu radeln. Und so schiebe ich mein Rad den ganzen Weg bis nach Hause neben mir her.

Als ich eine Ewigkeit später schließlich an unserem Haus ankomme, bin ich klitschnass, und meine Mutter erwartet mich bereits im Flur.

„Wo warst du?!" Ihre Augen funkeln mich wütend an. Es ist seltsam, meine Mutter wütend zu sehen. Denn das ist sie so gut wie nie. Unter normalen Umständen hätte ich jetzt auch ein schlechtes Gewissen, so spät nach Hause zu kommen, aber jetzt ist es mir egal. Es ist alles egal.

Ohne ein Wort zu sagen, gehe ich an meiner Mutter vorbei, ziehe meine Schuhe aus und lehne mich mit nach hinten verschränkten Armen gegen die Wand im Flur.

Meine Mutter ist zwar fast nie wütend auf mich, aber wenn sie es mal ist, dann habe ich gelernt, dass es besser ist, das Donnerwetter über mich ergehen zu lassen, statt wegzurennen. Es würde mich ja sowieso früher oder später erwischen.

„Ich warte immer noch auf eine Antwort, meine Liebe!"

„Es tut mir leid", sage ich mit gesenktem Kopf.

„Was tut dir leid? Dass ich aus Sorge um dich fast krank geworden bin?"

Ich bleibe stumm.

„Jetzt sag doch was!", schimpft meine Mutter. „Wo zum Teufel warst du?!"

„Que passa, äh?" Salvatore kommt aus dem Schlafzimmer getrottet. Abwechselnd schaut er erst mich und dann meine Mutter an. „Jest beruhige dich dock mal." Salvatore massiert meiner Mutter den Nacken.

„Ich will mich aber nicht beruhigen!" Sie schubst seine Hand weg. „Ich will wissen, wo sie war!" Sie schaut mich böse und aufgeregt an.

„Ich –", fange ich an.

„Ich will nichts mehr hören!", überlegt es sich meine Mutter auf einmal doch anders. „Geh auf dein Zimmer! Hast du verstanden, junges Fräulein?" Auch wenn mir im Moment so ganz und gar nicht nach lachen zumute ist, klingen diese Worte aus dem Mund meiner Mutter doch irgendwie lustig.

Meine Mutter ist nämlich nicht so wie die meisten Mütter, bei denen solche Sätze an der Tagesordnung sind. Meine Mutter ist eigentlich viel lockerer und frecher. Aber das heute war selbst für sie wohl zu viel. Genau wie für mich.

Ich werfe meiner Mutter einen kurzen Blick zu und trotte dann in mein Zimmer. Dort angekommen, mache ich nur mein Nachtlicht neben dem Bett an. Dann entledige ich mich meiner nassen Klamotten. Ich ziehe meinen Pyjama an, fische anschließend Tabu aus meinem Rucksack und setze mich auf mein Bett.

Ich weiß nicht, ob es vor Kälte ist oder immer noch von der Ohnmacht, Marengo zu verlieren, aber ich zittere am ganzen Körper. Ich decke mich halb zu und schlage Tabu auf der Seite auf, auf der Leo angefangen hat, Marengo zu zeichnen. Leicht fahre ich mit den Fingerspitzen über sein halbes Gesicht und fange wieder an zu weinen. Leise. Ganz leise, damit es niemand mitbekommt.

Mit Tabu an meine Brust geklemmt, lege ich mich hin und mache das Licht aus. Doch *dieses* geht morgen ganz gewiss wieder an. Morgen und übermorgen und überübermorgen und den Morgen drauf ...

7. Kapitel, in dem ich wieder Hoffnung schöpfe

Den ganzen Tag in der Schule war ich kaum ansprechbar, und auch jetzt, wo ich wieder zu Hause bin, ist es nicht besser.

„Schmeckt es dir denn nicht?“, will meine Mutter wissen, als wir am nächsten Tag am Mittagstisch sitzen.

„Hab keinen Hunger“, sage ich, während ich lustlos mit der Gabel in den Spaghetti rumstochere.

Salvatore und Mama wechseln ratlose Blicke.

„Ich mache mir Sorgen um dich. Was ist los mit dir, Pia?“, ergreift meine Mutter wieder das Wort.

„Nichts! Ich hab doch gesagt, dass ich keinen Hunger habe.“

Meine Mutter deutet Salvatore mit einer kurzen Kopfbewegung an, dass er uns mal alleine lassen soll. Also schnappt er sich seinen Teller, steht vom Tisch auf und meint: „Ick gehe mal und esse draußen auf der Terrassa. So schunes Wetter muss ausgenutzt werden.“

„Es regnet“, sage ich trocken nach einem kurzen Blick aus dem Fenster.

„Iih mag Regen.“ Er zuckt mit den Schultern.

Nachdem Salvatore die Küche verlassen hat, meint meine Mutter auf einmal: „Ich vermisse dich, Pia.“ Sie legt ihre Gabel beiseite und stützt ihren Kopf in die Hände. Ich schaue meine Mutter verständnislos an.

„Aber wir sehen uns doch jeden Tag."

„Bloß unternehmen wir nichts mehr gemeinsam. Und erzählen tust du mir auch schon lange nichts mehr."

„Ich hab halt im Moment andere Sorgen."

„Das meine ich doch. Ich weiß absolut nicht, was in dir vorgeht."

„Aber das weiß ich doch manchmal selbst nicht."

Meine Mutter seufzt, rückt mit ihrem Stuhl näher an mich heran und streichelt mir über den Rücken.

„Das mit gestern. Es tut mir leid. Ich wollte dich nicht so anbrüllen, aber ich war so in Sorge um dich, dass ich beinahe meinen Verstand verloren hätte. Ich kenne so ein Verhalten von dir nicht. Ich dachte, dir wäre etwas Entsetzliches passiert. Man hört ja so viele schlimme Sachen."

Ja, und eine von diesen schlimmen Sachen ist gerade dabei zu passieren. Ich verliere Marengo. Und der kommt garantiert nicht mehr wieder, denke ich. Ich spüre einen Kloß im Hals und fange wieder an zu heulen. Vor Wut, dass ich dauernd heule, könnte ich noch mehr heulen.

„Pia, was ist los?" Meine Mutter ist ganz besorgt.

„Es ist wegen Marengo. Er – er soll ..." ich halte inne und vergrabe meinen Kopf zwischen meinen Händen.

„Komm her." Meine Mutter zieht mich zu sich und umarmt mich ganz fest. Dabei streicht sie ein paar meiner Haarsträhnen aus meinem Gesicht. Dann drückt sie mich etwas von sich weg und schaut mich mit einem schwachen Lächeln an.

„Du setzt dich im Wohnzimmer aufs Sofa, und ich komme gleich mit zwei Tassen Kakao. Wir machen es uns gemütlich. So wie früher; dann quatschen wir über alles, einverstanden?"

„Einverstanden“, erwidere ich. In diesem Moment fällt mir ein, dass wir das eigentlich schon gestern tun wollten. Der Mädelsabend. Den habe ich ja vor lauter Aufregung total vergessen.

„Es tut mir leid“, schluchze ich.

„Was denn?“

„Ich hab unseren Mädelsabend gestern vergessen.“

„Das macht jetzt nichts. Mach dir darüber keine Gedanken“, sagt sie und dirigiert mich sanft hinaus.

Fünf Minuten später kommt meine Mutter mit zwei Tassen Kakao in den Händen ins Wohnzimmer.

„Hier.“ Sie reicht mir eine Tasse und setzt sich neben mich aufs Sofa. Ich nehme einen großen Schluck. Hmmm. Der Kakao ist süß und warm. Genau so, wie ich ihn am liebsten mag.

„Und jetzt schieß los. Was gibt es Neues?“

Ich hole tief Luft, die nur ruckartig und holprig meine Lungen füllt.

„Marengos Besitzer hat vor, ihn verwursten zu lassen.“

„Was?! Aber wieso denn?“

„Weil er zu alt geworden ist und er angeblich nichts mehr mit ihm anfangen kann“, sage ich, worauf meine Mutter sich fassungslos zurücklehnt und mir aufmerksam zuhört.

Ungefähr eine Stunde sitzen wir nebeneinander auf dem Sofa und reden. Und reden. Und reden.

Als wir fertig sind, lehnt sich meine Mutter nach vorne, streicht mir über den Oberarm und stellt ihre Tasse auf den Tisch.

„Hör zu, Schatz, es ist ganz dringend. Ich muss mal eben weg. Aber ich bin bald wieder da, okay?“ Sie steht auf, drückt mir ein Küsschen auf die Stirn und rennt wie von einer Tarantel gestochen aus dem Haus.

Verdattert laufe ich zum Fenster und sehe gerade noch, wie sie sich ins Auto setzt und losfährt. Ich schaue auf die Stelle, an der gerade noch das Auto stand, und entdecke dort Salvatore. Total verwirrt sitzt er mit einem Schraubendreher in der rechten Hand auf seinen vier Buchstaben und schaut genauso verdutzt meiner Mutter hinterher wie ich.

Was war denn das jetzt für eine Aktion?, frage ich mich und laufe schnell in den Flur, ziehe meine Schuhe an und verlasse das Haus. Wenn sie glaubt, dass ich hier bloß rumsitze und Däumchen drehe, während sie einfach abhaut, dann hat sie sich aber gewaltig geschnitten.

Ich schnappe mir mein Fahrrad, schwinge mich drauf und trete in die Pedalen. Salvatore, der immer noch total verwirrt auf dem Boden sitzt, runzelt nur seine Stirn, als ich an ihm vorbeidüse, und bleibt einfach sitzen.

Solange Marengos Herz noch schlägt, werde ich alles in meiner Macht Stehende tun, um ihn zu retten.

Mit Vollgas rase ich den Waldweg zum Reiterhof hinunter. Ich trete so kräftig ich nur kann in die Pedalen. Bei jedem Tritt denke ich an Herrn Christensen und stelle mir vor, dass es Tritte in seine Magengegend sind. Ich bin so unheimlich wütend auf ihn. Wie kann dieser Mensch bloß so etwas tun? Hat er denn kein Herz? Wenn ja, dann ist es sicher aus Eis. Nein! Aus Stein. Denn ein Herz aus Eis könnte man zum Schmelzen bringen. Doch ein Herz aus Stein kann man nicht erweichen. Stein bleibt Stein.

Auf dem Reiterhof angekommen, stelle ich mein Rad in den Fahrradständer und eile in den Pferdestall zu Marengo.

Als ich an Sunnys Box vorbeilaufe, begrüßt er mich mit einem lauten Wiehern.

„Hey, du kleiner Frechdachs.“ Ich strecke meine Hand nach ihm aus, die aufs Genauste nach etwas Fressbaren inspiziert wird. Nachdem Sunny dann festgestellt hat, dass ich nichts habe, was er sich schmecken lassen könnte, darf ich ihn schließlich streicheln.

„Hallo, mein Wunderschöner“, begrüße ich dann Marengo, schiebe die Boxentür auf und gleite zärtlich mit der flachen Hand über seine Stirn. Sanft drückt er seinen Pferdekopf gegen meine Schulter. In diesem Moment höre ich ein lautes Schnauben von hinten. Ich drehe mich um.

„Hallo, meine Hübsche.“ Ich werfe Aurora ein breites Lächeln zu. Ungeduldig scharrt sie mit einem ihrer Vorderhufe, so als würde sie sagen wollen: Na, los! Komm schon her! Ich will auch begrüßt werden. Und das soll sie auch.

Als ich an ihre Box trete, streckt Aurora ihren Kopf über die Boxentür. Ich lehne meine Stirn gegen ihre und kraule ihren Hals. Genüsslich schnaubt sie.

„Das gefällt dir, was?“, frage ich und wende mich wieder Marengo zu.

„Ich werde nicht zulassen, dass dir etwas passiert.“ Marengo schnaubt leise und bewegt seinen Kopf einmal auf und ab. So als würde er sagen wollen: Ich weiß. Ich vertraue dir. „Ach, Marengo!“

„Na, ihr beiden“, höre ich Leos Stimme. Ich löse mich von Marengos Hals und schaue die Stallgasse hinunter. Schwach lächelnd spaziert Leo auf mich zu. Gefolgt von Sophie.

„Haben wir uns doch gleich gedacht, dass wir dich hier finden würden.“ Sophie fischt ein Haargummi aus ihrer rechten Hosentasche und bindet sich ihre langen roten Locken zu einem hohen Pferdeschwanz zusammen. „Wie geht es dir?“

„Wie soll es mir schon gehen?"

„Ich weiß." Sophie schaut betrübt zum Boden.

„Wir müssen uns etwas einfallen lassen. Marengo darf nicht sterben!", sage ich energiegeladen.

„Du brauchst jetzt erst mal etwas Ablenkung. Du wirkst irgendwie ganz hibbelig."

„Willst du mich veräppeln? Ablenkung! Ich brauche keine Ablenkung. Ich brauche eine Idee, wie wir Marengo retten können", entgegne ich barsch.

„Es ist vorbei, Pia", sagt Sophie fast flüsternd und mit wässrigen Augen.

„Marengo ist bereits verkauft", fügt Leo geknickt hinzu.

„Ich fasse es nicht! Was ist mit euch los?" So langsam werde ich wütend. „Wollt ihr Marengo etwa wirklich aufgeben?" Ich schaue zwischen Sophie und Leo hin und her. „Was ist mit dem Kampf, der noch nicht verloren ist, hä? Was ist mit: Wir schaffen das schon? Mit: Ihm wird die Lust auf Pferdewurst schon vergehen, wenn wir mit ihm fertig sind. Was ist damit? Was? War das alles etwa bloß blödes Gequatsche?"

„Glaubst du, dass uns das nichts ausmacht? Glaubst du, Marengo ist uns egal? Das ist er ganz bestimmt nicht. Uns liegt er auch am Herzen. Nicht nur dir! Aber was sollen wir denn noch machen? Noch mal mit Herrn Christensen reden? Glaub mir, das bringt nichts. Leo und ich haben es heute wieder versucht. Seine Entscheidung steht fest. Und wir können rein gar nichts dagegen tun."

„Nein!" Ich stampfe mit dem Fuß auf.

„So leid es mir tut, aber Sophie hat recht." Leo wagt es kaum, mir in die Augen zu schauen. „Wir haben wirklich alles versucht, um Herrn Christensen umzustimmen. Aber er wollte nichts hören."

„Aber – aber es ist doch noch nicht vorbei." Ich drehe mich zu Marengo um, der mich mit seinen großen, dunklen Augen anschaut. „Marengo", hauche ich und lehne mein Gesicht an ihn.

„Alles, was wir jetzt noch machen können, ist, so viel Zeit wie möglich mit ihm zu verbringen und ihm das Leben so angenehm zu machen, wie es nur geht. Und dazu gehört auch eine saubere Box." Leo hält mir eine Mistgabel hin, während zwei dicke Tränen ihre Wangen hinunterrollen, sich ihren Weg bis zum Kinn bahnen, sich von dort lösen und auf den Stallboden fallen.

Wortlos greife ich nach der Mistgabel. Leo und Sophie drehen sich zu ihren Pferden um und begrüßen ihre Lieblinge.

Bevor wir uns dann ans Ausmisten machen, führen wir erst die Pferde zur Koppel. Dort gesellt sich Marengo sofort zu Indira, seiner besten Freundin. Ich stelle mich ganz nah ans Gatter und beobachte die beiden.

„Möchtest du noch etwas hierbleiben oder kommst du wieder mit rein?", will Leo wissen. Ihre Stimme ist ganz ruhig und dünn.

„Geht ruhig vor. Ich komme sofort nach", antworte ich.

„Alles klar." Leo und Sophie nicken verständnisvoll. „Dann bis gleich."

Nachdem die beiden im Pferdestall verschwunden sind, stehe ich noch eine Weile nur da. Meine Augen ruhen die ganze Zeit auf Marengo.

Wie ausgelassen und sorglos er über die Koppel pest, die anderen Pferde ansteckt und zum Spielen animiert. Dabei spielt er sich vor Indiara und auch vor mir etwas auf. So wie Jungs es halt tun, wenn sie Aufmerksamkeit wollen.

In Momenten wie diesen wünsche ich mir immer noch, ein Pferd zu sein. Dann würde ich jetzt auf die Koppel galoppieren und einfach mitspielen. Als Mensch ist das etwas zu gefährlich. Deshalb lasse ich es auch und begnüge mich mit dem Zuschauen.

„Es ist eine Schande!“ Auf einmal taucht Sören neben mir auf. „Ich habe gehört, was mit Marengo passieren soll.“

Sören ist Indiras Besitzer. Und seine Eltern sind die Besitzer des einzigen Restaurants im Dorf. Am Anfang konnte ich ihn überhaupt nicht leiden. Doch das lag nur daran, dass er Marengo nicht ausstehen konnte. Immer wenn er ihn gesehen hat, hat er irgendwelche blöden Witze über Marengo gemacht. Und wenn der liebenswerte Rappe sich seiner Stute genährt hat, ist er jedes Mal beinahe ausgerastet. Dieser alte Klappergaul wäre kein Umgang für seine Schimmelstute, hat er immer gesagt.

Glücklicherweise hat er seine Meinung geändert. Und zwar nach einem Wettrennen zwischen Marengo und seiner Indira. Auch wenn Marengo nicht offiziell gewonnen hat, musste Sören trotzdem zugeben, dass er ein klasse Pferd ist. Seitdem hat er Marengo nie wieder beleidigt. Zwar sind Sören und ich immer noch keine besonders guten Freunde, aber wir können uns riechen. Und das ist doch auch was, oder?

„Wenn ich etwas tun kann, dann – dann“, druckst er schüchtern herum.

„Danke“, erlöse ich ihn mitten im Satz von seinem Stotterkonzert. Er lächelt bedrückt und schaut dann ganz schnell zu den Pferden auf der Koppel hinüber.

Ohne ein weiteres Wort mit Sören zu wechseln, löse ich mich vom Gatter und trotte zum Pferdestall.

Kurz bevor ich ihn betrete, fängt mich Josh ab. Lässig lehnt er sich gegen die Tür zum Pferdestall und wirft einen strengen Blick zu Sören, der immer noch an der Koppel steht.

„Hat der Spinner dich mal wieder geärgert?", will Josh wissen. Ich drehe mich noch einmal zu Sören um.

„Nein", entgegne ich kopfschüttelnd. „Seit unserem Wettrennen ist er eigentlich ganz okay."

„Ganz okay", wiederholt Josh und schaut mich dabei prüfend an.

„Nein, wirklich. Er war nett."

„Nett", wiederholt er bloß wieder. Dabei sieht er nicht sehr begeistert aus. Ich habe so das dumpfe Gefühl, dass er viel lieber das Gegenteil gehört hätte. „Du findest ihn also wirklich nett?"

„Hmm", ich nicke halbherzig, worauf Josh etwas enttäuscht dreinschaut.

„Aber nicht so nett wie dich", sage ich und gehe an ihm vorbei in den Pferdestall.

„Pia?"

„Ja?"

„Es tut mir echt leid", haucht Josh etwas unbeholfen. Ich schaue ihn an und entdecke ganz deutlich eine kleine Träne in seinem linken Auge. „Oh, verdammt! Jetzt habe ich was im Auge." Er macht sich schnell vom Acker.

Als ich in den Pferdestall komme, sind die Mädels schon fleißig bei der Arbeit.

„Wir haben dir auch schon eine Schubkarre hingestellt", meint Leo, als sie mich bemerkt.

„Dann kann ich ja gleich loslegen", entgegne ich, schnappe mir die Mistgabel und mache mich ebenfalls an die Arbeit.

Während wir dann gleichzeitig die Boxen unserer Pferde ausmisten, wechseln wir fast kein Wort miteinander. Jede von uns ist so in die Arbeit und in ihre Gedanken vertieft, dass wir kaum etwas um uns herum wahrnehmen.

„So geht das nicht weiter", ergreife ich schließlich nach einer halben Ewigkeit das Wort. „Tut mir leid! Aber ich kann nicht einfach so tun, als wäre das alles schon passé. Ich werde nicht aufhören, Marengo retten zu wollen und mir darüber den Kopf zu zerbrechen, wie ich es am besten tun könnte! Ich kann es einfach nicht."

„Wir auch nicht!", gestehen Leo und Sophie auf einmal und legen ihre Mistgabeln beiseite.

„Also worauf warten wir dann noch? Ran an die Arbeit!", schöpfe ich neue Kraft.

„Und wo fangen wir an?", fragt Leo.

„Da wir bei Herrn Christiansen nicht weiterkommen, würde ich sagen, wir versuchen herauszufinden, an wen er Marengo verkauft hat. Und dann besuchen wir denjenigen."

„Gut." Sophie nickt eifrig. „Ich würde sagen, wir klappern erst alle Metzgereibetriebe in der näheren Umgebung ab, und dann schauen wir weiter."

Voller Tatendrang stürmen wir aus dem Pferdestall. Als wir auf den Hof kommen, fährt gerade ein silbernes Auto auf den Reiterhof. Sophie, Leo und ich schauen zu dem Luxusschlitten hinüber. Die Fahrertür geht auf, und Herr Christensen steigt aus. Ohne sich umzuschauen, steuert er direkt Rolfs Büro an.

Mir schießt ein furchtbarer Gedanke durch den Kopf. Was, wenn er gekommen ist, um Marengo abzuholen? Was, wenn er ihn jetzt mitnimmt, um ihn zum Schlachter zu bringen? Nein!

Das ist unmöglich. Es sei denn, er will ihn hintragen. Und das müsste er, schließlich hat er keinen Pferdeanhänger mitgebracht.

„Kommt mit, Mädels", fordert uns Leo auf und setzt sich in Bewegung. Willig folgen Sophie und ich ihr bis zum Büro, in dem Herr Christensen gerade verschwunden ist.

Neugierig presst Leo ihr Ohr an die Tür. Sophie und ich tun es ihr gleich. Zu dritt stehen wir nun mit dem Ohr an die Tür gepresst da und versuchen zu verstehen, worüber die beiden sich da drinnen unterhalten. Plötzlich und ohne jede Vorwarnung geht die Tür auf, und wir stolpern beinahe ins Büro.

Herr Christensen und Rolf schauen uns verdattert an.

„Wir – wir wollten nur ..."

„Schon gut", unterbricht Rolf Leo. „Ihr könnt euch eure Ausreden sparen."

„Mist!", ärgert sich Leo leise. „Dabei hatte ich eine wirklich gute auf Lager."

„Herr Christensen hat einen Vorschlag für euch", beginnt Rolf, während wir ihm und Herrn Christensen zurück zum Auto folgen.

„Einen Vorschlag?", wiederholen wir etwas verwirrt, als wir am Auto ankommen.

Doch bevor Herr Christensen endlich mit der Sprache rausrückt, fischt er erst einmal eine dicke Zigarre aus seiner Brustinnentasche, steckt sie sich seelenruhig in den Mund und sucht dann auch noch nach einem Feuerzeug, um sich die Zigarre anzuzünden.

„Sind Sie wirklich sicher, dass Sie sich ein Tier anschaffen wollen, das Sie am Ende wieder nicht haben wollen?", stichelt Leo frech.

Herr Christensen unterbricht die Suche nach den Feuerzeug und schaut sie verdutzt an.

„Was meinst du?“, fragt er, immer noch mit der nicht angezündeten Zigarre im Mund.

„Vom Rauchen kriegt man Lungenkrebs“, klärt Leo ihn auf. „Und den wollen Sie doch bestimmt nicht haben, oder?“

Wortlos holt Herr Christensen die Zigarre wieder aus seinem Mund.

„Du hast recht“, sagt er und steckt sie wieder ein. Dann schaut er zu mir und meint: „Ich habe mir die ganze Sache mit Marengo noch einmal durch den Kopf gehen lassen.“

Sophie, Leo und ich halten vor Spannung die Luft an und wechseln hoffnungsvolle Blicke, bevor wir wie gebannt wieder Herr Christensen anstarren. „Ich werde Marengo auf keinen Fall behalten, damit das schon mal von vorneherein klar ist. Er ist und bliebt finanziell gesehen nun mal eine große Belastung für mich. Aber – und hier kommt nun mein Vorschlag.“ Er schaut mich ganz ernst an. „Wenn du mir innerhalb von zwei Wochen beweist, dass du für Marengo sorgen und vollkommen aufkommen kannst, dann darfst du ihn haben.“

„Was?!“ Habe ich etwa was an den Ohren? „Sie – Sie meinen, er gehört dann mir?“, frage ich vorsichtshalber noch mal nach.

„Ganz genau.“ Herr Christensen nickt.

„Nur um auf Nummer sicher zu gehen und keine Missverständnisse aufkommen zu lassen ...“, gibt sich Leo ganz sachlich. „Können wir das Ganze vielleicht schriftlich haben?“

„Leo, nicht“, ermahne ich sie flüsternd aus Angst, sie könnte Herr Christensen so verärgern, dass er sein Angebot womöglich noch zurückzieht. Doch er lacht nur auf.

„Ich sehe schon. Ich habe es hier wirklich mit Profis zu tun, was? Aber ihr könnt mir schon vertrauen. Ihr habt mein Wort. Und falls euch das nicht reicht, dann habt ihr hier auch einen Zeugen." Herr Christensen klopft Rolf auf die Schulter, worauf der ihm die Hand reicht und kräftig schüttelt. „Also, meine Damen. Ich wünsche Ihnen viel Erfolg. Wir sehen uns dann in genau zwei Wochen wieder. Nutzen Sie die Zeit." Damit verabschiedet sich Herr Christensen von uns, steigt in sein Auto und fährt davon.

Leo, Sophie und ich stehen wie benebelt da.

„Habt ihr das etwa auch gerade gehört? Marengo soll mir gehören? Wirklich mir?" Bei dieser Vorstellung breitet sich ein riesiges Lächeln auf meinem Gesicht aus. Und ich kann mein Glück kaum fassen.

„Ich dachte, er hätte Marengo schon verkauft", wundert sich Sophie.

„Vielleicht hat er es doch nicht übers Herz bringen können, Marengo verwursten zu lassen."

„Egal. Hautsache, wir haben noch eine Gelegenheit, ihn vor dem Schlachter zu retten", sage ich, worauf Leo, Sophie und ich uns vor Begeisterung nicht mehr halten können. Wie kleine Mädchen fangen wir an zu kreischen und fallen uns nacheinander in die Arme. Bloß Rolf scheint irgendwie betrübt zu sein.

„Was ist mit dir, Onkel Rolf? Freust du dich denn gar nicht für Marengo und Pia?", will Leo wissen, nachdem auch ihr Rolfs trauriges Gesicht aufgefallen ist.

„Noch gibt es keinen Grund zur Freude. Es ist eine sehr schwierige Aufgabe, die Herr Christensen da gestellt hat. Um ein Pferd zu unterhalten, braucht man mehr als nur ein großes Herz, Liebe und Zuneigung."

Während Rolf alles aufzählt, was zu beachten ist, schalte ich ab und schaue zur Koppel hinüber.

Diesen wunderbaren Moment möchte ich mir durch nichts und niemanden nehmen lassen. Ich bin einfach nur glücklich und möchte es auch bleiben. Wenigstens für einen Augenblick.

Langsam setze ich mich in Bewegung und gehe auf Marengo zu, der ganz nah am Gatter steht und in meine Richtung schaut.

„Wir schaffen das schon, stimmt's, mein Junge?", flüstere ich dem Rappen zu, als ich vor ihm stehe. Als Antwort wiehert er laut, und ich fühle mich auf einmal ganz leicht.

8. Kapitel, in dem doch alles schwieriger ist als gedacht

„Rolf hatte recht“, meine ich einen Tag später entmutigt. „Das Ganze ist viel schwieriger als gedacht.“ Ich sitze verzweifelt zwischen Sophie und Leo in unserem Baumhaus, wo wir uns zur Lagebesprechung gleich nach der Schule getroffen haben.

„Na, dass es kein Kinderspiel wird, haben wir doch gewusst, oder?“

„Das schon. Aber nicht, dass es aussichtslos ist.“

„Das ist es nicht.“

„Da ist unsere Liste aber ganz anderer Meinung.“

„Zeig mal her!“ Leo rupft mir Tabu aus den Händen. Ich hole es mir wieder und lese die Liste laut vor.

1. Unterbringung
   Kosten: ca. 250 Euro monatlich
2. Futter
   Kosten: mehr als ich auftreiben kann
3. Arzt
   Kosten: zusammen mit Punkt eins und zwei – unbezahlbar!
4. Hufschmied
   Kosten: wären aufzutreiben, wenn Marengo keine Hufeisen bräuchte

„Wie soll man denn den letzten Punkt verstehen?"

„Ganz einfach. Hufeisen kosten Geld. Und wir haben keins. Demnach könnten wir sie uns nur leisten, wenn Marengo keine bräuchte, verstehst du?"

„Aha." Leo nickt. „Nö. Verstehe nur Bahnhof. Ist jetzt aber auch egal."

„Du hast noch was vergessen", meldet sich Sophie zu Wort, die Augen immer noch auf der Liste.

„Was denn?", frage ich sie.

„Fünftens: Einen Haufen Glück. Sechstens: Ein Wunder. Siebtens: Eine Menge Liebe und Zuneigung."

„Um Siebtens mache ich mir keine Sorgen. Damit wird Marengo jetzt schon von mir und uns allen überhäuft."

„Stimmt. Aber was machen wir jetzt mit Punkt eins bis sechs?"

Ich zucke ratlos mit den Schultern.

„Wenn ich das bloß wüsste."

„Aber ich weiß es!", verkündet Leo. „Wir packen es einfach mal an. Fangen wir mit dem ersten Punkt auf unserer Liste an. Und der beste Ansprechpartner dafür ist ja wohl mein Onkel. Auf geht's." Leo springt auf. Doch wie schon so oft in den letzen Tagen stolpert sie sofort wieder über ihre eigenen Füße und landet auf dem Baumhausboden.

„Mensch, Leo. Findest du nicht auch, dass du langsam etwas gegen dieses Pech unternehmen solltest?", will Sophie wissen, während sie mir hilft, Leo wieder auf die Beine zu ziehen.

„Ich weiß gar nicht, was du meinst", entgegnet Leo uneinsichtig.

„Ach, wirklich nicht?" Sophie zieht Leos linkes Hosenbein hoch und deutet auf die unzähligen blauen, grünen, gelben und violetten Flecken. „*Das* meine ich!“ Sie drückt mit dem Zeigefinger auf einen besonders großen Bluterguss.

„Aua!“, jault Leo, worauf ich mir leise ins Fäustchen lache. „Was soll denn das?“

„Das würde ich gerne von dir wissen.“

Leo sucht nach Worten, und schließlich fallen ihr auch ein paar ein. „Es gibt Leute, die sammeln Briefmarken, Aufkleber oder Bierdeckel. Und ich – ich sammle halt blaue Flecken.“

„Und rote. Und grüne ...“ Sophie drückt auf jeden Fleck, den sie auf Leos Bein entdeckt. „... und lilane.“

„Na schön.“ Leo reißt sich von Sophie los und zieht ihr Hosenbein wieder herunter. „Ich gebe ja zu, dass ich etwas mehr Pech habe als sonst.“ Sie steigt langsam die Leiter hinunter. „Aber ich bin nach wie vor der Meinung, dass es nichts mit dieser alten Frau zu tun hat!“ In diesem Moment verfehlt sie eine Sprosse und rutscht einen halben Meter hinunter. Besorgt halten Sophie und ich den Atem an, als Leo eine Sekunde später wieder Halt findet. Erleichtert atmen wir auf und steigen schnell zu Leo hinunter.

„Alles in Ordnung mit dir?“, frage ich.

„Ja“, murrt Leo und reibt sich ihr Schienbein. „Hab nur eben zwei neue Flecken bekommen“, quengelt sie. „Mir reicht es! Ich hab genug von blauen Flecken, von Spinnennetzen im Gesicht, von Pfützen und Misthaufen. Diese alte Hexe muss ihren Voodoozauber wieder rückgängig machen.“

„Bist du also doch endlich einsichtig geworden, was?“

Leo nickt widerwillig.

„Können wir, bevor wir zurück zum Reiterhof reiten, einen Abstecher zu dieser alten Frau machen?“, fragt sie.

„Klar“, antworte ich, während Sophie schon mal aufsteigt.

„Ich glaube, ihr Haus liegt in dieser Richtung.“ Sophie setzt Aurora in Bewegung. Leo und ich sitzen ebenfalls schnell auf und reiten hinterher.

Nach nur wenigen Minuten erreichen wir die kleine Holzhütte. Wir steigen ab und binden unsere Pferde nicht weit vom Haus an. Langsam bewegen wir uns auf die Hütte zu.

Das Knacken der Äste unter unseren Füßen hallt laut und erfüllt den halben Wald, schreckt Vögel auf, die wild flatternd von einem Baum zum nächsten fliegen. Mit jedem Schritt wird mir mulmiger und mulmiger. Ich entdecke wieder den dicken Raben auf dem Dach. Wie eine alte Steinstatue sitzt er da oben und beobachtet jede unserer Bewegung. Ich bleibe stehen und schaue mich ängstlich nach allen Seiten um. Genau wie Sophie.

Ohne zu merken, dass wir zurückgeblieben sind, schleicht Leo sich weiter an die Hütte heran. Nur weniger Meter vor der Tür bleibt nun auch sie stehen und dreht sich suchend nach Sophie und mir um. Verwirrt schaut sie uns an und winkt uns zu sich. Aneinandergekauert schütteln Sophie und ich unsere Köpfe. Daraufhin dreht sich Leo ganz um. Als sie einen Schritt auf uns zumachen will, geht auf einmal die Tür auf. Sophie und ich reißen unsere Augen auf. Leo bleibt wie zur Salzsäule erstarrt mit dem Rücken zur Hütte stehen und wagt nicht mal zu blinzeln.

„Aaaah, wie schöööön!“, krächzt die alte Frau. „Ich habe Besuuuch. Na los. Komm schon rein. Ich habe dich bereits erwartet, Leonie.“ Leo schluckt und dreht sich ganz langsam um.

„Wo– woher wussten sie, dass – dass ich ...“

„Kommen würde?“, beendet Denastia Leos Stotterkonzert. „Ich habe es in meiner Zauberkugel gesehen“, meint sie, worauf sich Leo Hilfe suchend nach uns umschaut. „Das war nur ein Scherz“, meint Denastia dann lachend, geht auf Leo zu, legt ihr ihre knochige Hand auf die Schulter und führt sie in ihr Haus.

Kurz bevor Sophie und ich uns entschließen, Leo dort wieder herauszuholen, kommt sie wieder heraus. Ihr Gesicht ist völlig regungslos. Wie eine Schlafwandlerin kommt sie auf uns zu. Sophie und ich wechseln verdatterte Blicke. Ohne uns zu beachten, wandert Leo einfach an uns vorbei.

„Leo? Leo, ist alles okay?“, frage ich ganz leise.

Nichts. Keine Reaktion.

„Leo, jetzt sag doch mal was.“

„Was denn?!“, ruft sie auf einmal und fängt an, laut zu lachen. Sophie und ich erschrecken uns halb zu Tode. Sophie boxt Leo auf die linke Schulter und ich gleichzeitig auf die rechte. „Hey, was soll das? Ich dachte, ich wäre die blauen Flecken endlich los“, sagt sie und marschiert auf Sunny zu.

„Was hat Denastia gesagt?“ Sophie und ich folgen Leo. „Nun spuck es schon aus.“

„Sie hat sich kaputtgelacht, als ich ihr von eurer Vermutung erzählt habe. Sie ist keine Hexe. Sie ist eine ganz normale alte Dame. Und eine sehr nette noch dazu. Erinnert mich irgendwie an meine Oma. Die beiden sind gleich verrückt und durchgeknallt. Ich glaube, wir werden noch ganz dicke Freunde.“

„Aha.“

„Ja, ich weiß. Ihr habt mir gleich gesagt, dass sie nett ist. Und vielleicht hätte ich es auch gemerkt, wenn ich nicht so furchtbar aufgebracht gewesen wäre. Die Sache mit Marengo hat mich total wütend gemacht. Und als Denastia dann auf einmal mitten auf dem Weg stand, sind bei mir die Lichter ausgegangen“, erklärt Leo.

„Schön, dass du es einsiehst. Aber was ist denn jetzt mit deinem Pech? Was hat es damit auf sich?“

„Alles bloß Zufälle. Das mit dem Fluch habt ihr euch nur eingebildet. Ich habe doch gleich gesagt, dass es so etwas wie Hexen nicht gibt“, meint Leo, bindet Sunny los und steigt auf.

„Von wegen“, ergreift Sophie das Wort und dreht sich noch ein mal nach der alten Holzhütte um. Ich riskiere ebenfalls noch einen Blick. Denastia steht in der Tür und winkt lächelnd zum Abschied, als auf einmal der Rabe angeflogen kommt und sich wie ein Papagei auf ihre Schulter setzt.

„Und es gibt wohl Hexen“, flüstert Sophie mir zu.

„Was ist, ihr beiden? Kommt ihr? Oder wollt ihr wieder Wurzeln schlagen?“

Sophie und ich sitzen ebenfalls auf und reiten Leo hinterher. „Ihr hättet gerade eure entsetzten Gesichter sehen sollen“, macht sich Leo auf dem Weg zum Reiterhof über uns lustig.

„Du sahst bestimmt nicht viel besser aus, als Denastia dir ihre Hand auf die Schulter gelegt hat. Ich habe es genau gesehen. Dir ist das Herz in die Hose gerutscht. Also tu jetzt nicht so“, entgegnet Sophie, während Sunny, Marengo und Aurora im Gleichschritt nebeneinander herlaufen.

„Wisst ihr was?“ Leo schaut zwischen uns hin und her. „Ich glaube, meine Pechsträhne ist vorbei“, meint sie, passt mal wieder nicht auf und reitet mitten durch herabhängendes Geäst, das ihr ins Gesicht peitscht.

„Oh ja. Das ist sie wohl“, sage ich, worauf Sophie und ich anfangen zu grinsen.

Eine halbe Stunde später sind wir endlich auf dem Reiterhof.

„Schaut mal.“ Leo deutet zur Koppel. „Da hinten steht ja Rolf.“

„Am besten wir reden sofort mit ihm“, meint Sophie und steuert Aurora zur Koppel.

Nachdem wir bei Rolf angekommen sind, steigen wir erst mal ab und sprechen ihn dann ohne Umschweife auf unser Problem mit Marengos Unterbringung an.

„Ich würde wirklich nichts lieber tun, als Marengo kostenlos in seiner Box wohnen zu lassen. Aber damit hätte ich eine Box weniger, die ich vermieten könnte. Und das Geld dafür würde mir fehlen“, sagt er zutiefst betrübt. „Ich komme ja jetzt schon kaum über die Runden mit dem Unterhalt für den Hof.“

„Aber es hängt doch Marengos Leben davon ab“, gibt Leo laut zu bedenken.

„Ja, glaubst du denn, dass ich das nicht weiß? Seit Herr Christensen mir von seinem Vorhaben erzählt hat, habe ich keine ruhige Nacht mehr gehabt. Marengo liegt mir genauso am Herzen wie euch.“

„Anscheinend nicht!“ Auf Leos Stirn erscheinen Zornesfalten. „Sonst würdest du doch etwas tun.“

„Und was?!“

„Keine Ahnung. Herr Christensen von seinem Vorhaben abbringen, Marengo hier wohnen lassen, ihn kaufen, uns helfen ...“

„Wie stellst du dir das vor, Leonie? Ich kann es mir nicht leisten, eine Box freizustellen, wie soll ich mir denn da noch ein Pferd leisten können? Ich muss auch Rücksicht auf meine anderen Pferde nehmen. Tut mir leid, aber mir sind die Hände gebunden“, sagt er aufgewühlt. Und ich glaube ihm. Ich weiß, wie sehr Rolf Marengo liebt. Immer hat er sich aufopfernd um den Rappen gekümmert. Ihn nicht nur wie einen von vielen behandelt. Aber das tut er ja bei keinem Pferd.

„Hey, Leute!“, ruft Sophie auf einmal. Sie schaut uns alle abwechselnd an und grinst dabei. „Da fällt mir was ein! Auroras Box ist doch doppelt so groß wie die anderen. Wie wäre es, wenn wir aus der einen Box einfach zwei machen würden?“

Rolf denkt einige Sekunden lang nach.

„Warum eigentlich nicht?“, sagt er etwas zögernd. „Dann hätte ich immer noch eine Box zum Vermieten, und Marengo hätte ein Plätzchen für sich. Das würde gehen. Ja. Wir müssten nur eine Trennwand ziehen.“

„Super!“, freut sich Leo. Die Wut von eben ist verflogen.

„Und ich weiß auch schon, wer die Trennwand machen könnte. Sobald ich nach Hause komme, frage ich Salvatore.“

„Großartig!“, klatscht Sophie in die Hände. „Damit wäre die Sache mit der Unterbringung schon einmal geklärt.“

„Macht es dir auch sicher nichts aus, wenn wir Auroras Box verkleinern?“, frage ich vorsichtshalber noch mal nach.

„Machst du Witze?!“ Sophie boxt mir freundschaftlich auf die Schulter. „Ich freue mich, dass ich helfen kann. Genau wie Aurora. Wenn sie sprechen könnte, hätte sie es sicher schon selbst vorgeschlagen.“

Überglücklich falle ich Sophie um den Hals. Jetzt kann nichts mehr schiefgehen. Wir werden Marengo retten - und mich ganz nebenbei zur Pferdebesitzerin machen. Juhu!

Am Abend sitze ich an meinem Schreibtisch, klappe Tabu auf und hake schon einmal den ersten Punkt auf der Liste ab. Und morgen kümmern wir uns dann um die restlichen Punkte, denke ich, schnappe mir einen Stift und schlage eine neue Seite auf.

Jetzt, wo schon mal Marengos Unterbringung geklärt ist und Salvatore sich sofort bereit erklärt hat, die Trennwand in Auroras Box zu ziehen, bin ich mir auch ganz sicher, dass wir die restlichen Punkte auf unserer Liste ebenfalls bald abhaken können. Immerhin haben wir noch fast zwei ganze Wochen. Und dann wird Marengo endlich mir gehören.
Ich kann mein Glück immer noch nicht fassen. Oh, es wird super! Ich werde Marengo eine viel bessere Besitzerin sein als dieser Herr Christensen. Und dann wird ihn mir niemand mehr wegnehmen können. Niemals!

16. Mai, Pia

Gerade als ich meinen Eintrag beendet habe, klopft es.

„Ja“, sage ich und klappe dabei Tabu zu.

„Hallo, mein Engel“, kommt meine Mutter in mein Zimmer spaziert.

„Hi“, entgegne ich gelassen, stehe auf und setze mich auf mein Bett. „Kann ich mal mit dir sprechen?“

„Klar!“ Meine Mutter setzt sich zu mir aufs Bett. „Schieß los.“

„Es geht um Marengo.“

„Hat es sich dieser Fiesling doch noch anders überlegt?“

„Ja! Ich meine nein, nicht so richtig. Er hat mir einen Vorschlag gemacht.“

„Was für einen Vorschlag?“

„Er will mir Marengo schenken.“

„Im ganzen Stück?“

„Mama!“, ermahne ich sie, weil ich ihren Witz ziemlich geschmacklos finde.

„Tut mir leid. Blöder Witz. Aber wie stellst du dir das vor, Pia? Wir – wir haben doch kein Geld. Alles geht für das Haus und die Renovierung drauf."

„Geschenke kosten doch nichts, Mama."

„Ja, aber normalerweise brauchen Geschenke auch kein teures Futter, sie werden nicht krank und brauchen keine Medikamente."

„Ich weiß, aber ich will Marengo unbedingt haben. Und es ist auch gar nicht so sicher, ob ich ihn wirklich kriege. Erst muss ich Herrn Christensen beweisen, dass ich für Marengo sorgen kann. Und dazu habe ich nur zwei Wochen Zeit. Ansonsten wird Marengo doch noch verwurstet."

„Dieser elende Hund!", regt sich meine Mutter auf.

Ich schaue sie überrascht an.

„Pia, ich muss dir was gestehen. Du weißt doch sicher noch, wie ich gestern nach unserem Gespräch auf der Couch aus dem Haus gestürmt bin."

„Und?"

„Und da bin ich zu diesem Herrn Christensen gefahren."

„Was?"

„Ich wollte mit ihm reden. Du warst so furchtbar traurig, und das hat mir das Herz gebrochen."

„Und weiter?"

„Nichts weiter. Ich habe nur etwas die Fassung verloren und hab ihn fürchterlich beschimpft."

„Danke!" Ich falle meiner Mutter um den Hals.

„Wofür? Dafür, dass ich aus der Haut gefahren bin und jemanden beleidigt habe? Ich war wirklich sehr unfreundlich zu diesem Mann", sagt meine Mutter mit schlechtem Gewissen.

„Na und? Ich habe ihn auch beschimpft. Aber auf mich hat er ja nicht gehört."

„Hm." Meine Mutter macht ein Gesicht, als wäre ihr die Erleuchtung gekommen. „Wenn das so ist ... Vielleicht sollte ich die Leute öfters mal anschimpfen."

„Aber bitte nicht mehr mich."

„Nur unter einer Bedingung." Meine Mutter hebt den Zeigefinger. Ich spitze die Ohren. „Dass du mir versprichst, mir in Zukunft immer sofort zu sagen, wenn dich etwas quält."

„Großes Indianerehrenwort!"

„Gut." Sie drückt mir einen Kuss auf die Stirn und steht auf.

„Ach, Mama?"

„Ja?" Sie dreht sich noch einmal zu mir um.

„Ich hab dich lieb."

Meine Mutter lächelt und meint: „Ich dich auch. Und jetzt schlaf schön. Wir reden morgen weiter." Sie knipst das Licht aus und verlässt mein Zimmer. Ich kuschle mich in meine Bettdecke und besuche Marengo in meinen Träumen.

9. Kapitel, in dem mir das Allerliebste auf Nimmerwiedersehen genommen wird

„Na endlich! Wo warst du denn so lange?", will ich von Leo wissen, als sie endlich im Baumhaus eintrifft. „Wir wollten uns doch schon vor einer Stunde hier treffen", sage ich, während Leo sich zu mir und Sophie auf den Boden gesellt.

„Tut mir leid, aber ich war noch kurz bei Denastia."

„Schon wieder?", bemerkt Sophie kaugummikauend. „Du warst doch erst gestern da. Und vorgestern, und den Tag davor, und ... warst du nicht die letzten eineinhalb Wochen beinahe täglich bei ihr?"

„Sie ist doch so furchtbar alleine."

„Wieso ziehst du denn nicht gleich zu ihr?"

„Na, weil meine Eltern es garantiert nicht erlauben würden. Außerdem wäre meine Omi bestimmt eifersüchtig. Aber Denastia ist ja so eine liebe Person. Ihr wisst ja, dass sie einen Sohn hat. Stellt euch vor. Der besucht sie so gut wie nie. Dabei soll er ganz in der Nähe wohnen. Angeblich hat er keine Zeit. Nicht mal für seine Mutter. Was ist das bloß für ein herzloser Mensch?"

„Meine Eltern haben auch nie Zeit für mich und Jessica."

„Und wir haben auch keine Zeit", mische ich mich ins Gespräch. „Ihr könnt euch über Denastia und deine Eltern später noch unterhalten. Wir sind wegen Marengo hier."

„Du hast recht." Sophie nickt.

„Eigentlich müssen wir uns nur überlegen, wie wir am besten an Geld kommen. An sehr viel Geld. Damit wären alle Probleme gelöst, und Marengo müsste sich nicht auf ein Rendezvous mit dem Pferdemetzger vorbereiten."

„Ja, und wie kommen wir nun an Geld?"

„Wir könnten es uns doch verdienen."

„Und wie?"

„Keine Ahnung? Wir könnten zum Beispiel Pfandflaschen sammeln."

„Hast du eine Ahnung, wie viele Pfandflaschen wir sammeln müssten, um an das Geld für nur einen Monat zu kommen?"

„Viele?"

„Sehr viele! Sicher so um die drei- bis viertausend. Ich bin mir nicht einmal sicher, ob unser Städtchen überhaupt so viele Einwohner hat."

„Wie wäre es, wenn wir Babysitten?"

„Oh nein! Das muss ich sowieso schon machen. Und es ist einfach furchtbar."

„Aber wieso denn? Nicki ist doch so süß."

„Wenn du willst, leihe ich dir meinen kleinen Bruder mal aus. Nach einem Tag bist du anderer Meinung. Ach, was sage ich, nach einer Stunde!"

„Und wie wäre es, wenn wir einen Trödelmarkt veranstalten und all die Sachen verkaufen, die wir nicht mehr brauchen?"

„Das ist eine super Idee! Ich könnte meinen Bruder Sebastian verhökern. Obwohl – ich glaube nicht, dass ihn irgendjemand wirklich will."

„Das ist keine gute Idee. Dabei würden wir höchstens das Geld für ein, zwei Monate zusammenkriegen. Und was dann?"

„Hm. Mir fällt sonst nichts mehr ein."

„Mir auch nicht."

„Tja, und nun? Wie sollen wir denn jetzt regelmäßig an Geld kommen?"

„Ich weiß es!", fällt es Sophie wie Schuppen von den Augen. „Ich weiß es! Los, kommt mit."

„Wohin?"

„Als Erstes zurück zum Reiterhof. Die Pferde zurückbringen."

„Und dann?"

„Ihr werdet es noch früh genug erfahren", sagt sie geheimnisvoll.

Zwei Stunden später stehen Leo, Sophie und ich in unserem kleinen Städtchen in der Fußgängerzone nebeneinander. Vor uns ein alter Hut und die größte Blamage unseres Lebens.

„Das ist doch nicht dein Ernst, Sophie?"

„Wieso denn nicht? Wir haben doch nichts zu verlieren."

„Du meinst außer unserer Würde und unserem Stolz."

„Wollen wir Marengo nun retten oder nicht?"

„Natürlich!"

„Und hat eine von euch eine bessere Idee, wie wir Geld auftreiben könnten?"

„Nein", gestehen wir kleinlaut.

„Na, dann hört auf zu quatschen und fangt an zu singen!"

„Aber ich kenne überhaupt keine Lieder."

„Ich habe hier eine Liste für uns zusammengestellt mit Liedern, die wir ganz sicher alle kennen." Sophie reicht Leo und mir jeweils einen Zettel.

„Alle meine Entchen?"

„Leise rieselt der Schnee?“

„Ja, haben wir denn schon Weihnachten?“

Sophie rupft uns ihre Zettel wieder aus den Händen.

„Wenn ihr meine Vorschläge nicht zu würdigen wisst, dann schlagt doch andere Lieder vor“, sagt sie eingeschnappt.

„Nein, nein. Ist schon okay“, erwidere ich und hole mir den Zettel wieder. „Es ist nur, ich bin nicht gerade in der Stimmung, im Mai Weihnachtslieder zu singen, aber es ist ja für Marengo.“

„So sehe ich das auch.“ Sophie scheint besänftigt. „Also. Fünf, sechs, sieben ...“

„Hey, Moment mal. Was ist denn das jetzt für ein Lied?“ Leo sucht irritiert ihre Liste ab.

„Das ist kein Lied. Das ist nur unser Countdown. Ich zähle bis acht und dann fangen wir alle gleichzeitig an, das erste Lied auf der Liste zu singen, kapiert?“

„Alles klar.“

„Also, noch einmal. Fünf, sechs, sieben acht ...“

Gleichzeitig fangen Leo, Sophie und ich an zu singen. Doch nach nur einem Wort singen wir schon nicht mehr im gleichen Takt. Es klingt, als würde jede von uns ein ganz anderes Lied singen, obwohl es doch dasselbe ist.

Die vorbeilaufenden Leute werfen uns seltsame Blicke zu. Die einen lachen, die anderen schütteln bloß ihre Köpfe.

„Halt, halt, halt! So geht das nicht“, unterbreche ich unser Katzengejammer. „Wir klingen einfach grauenvoll.“

„Findest du?“ Sophie ist ganz überrascht.

„Sag mal, hast du etwa keine Ohren?“, will Leo von ihr wissen.

„Wenn wir weiter so singen, dann bekommen wir kein Geld, sondern verlieren sogar noch welches. Und zwar, weil wir

Schmerzensgeld bezahlen müssen an all die Leute, die von unserem Gekreische einen Ohrschaden bekommen haben."

„Strengt euch einfach etwas mehr an", fordert Sophie uns auf. „Es ist doch für Marengo", meint sie und fängt wieder an zu singen.

Leo und ich schauen uns unentschlossen an. Doch als Sophie uns dann trällernd einen bösen Blick zuwirft, reißen wir uns noch einmal zusammen. Ich atme tief durch und stimme zusammen mit Leo in Sophies Lied mit ein. Und siehe da, wir klingen sogar noch schlechter. Ja, je mehr Mühe wir uns geben, desto grausamer klingen wir. Ich höre wieder auf zu singen.

„Glaubt ihr, Marengo kann sich vielleicht ausschließlich von Tomaten und faulen Eiern ernähren?", frage ich die Mädchen. Die hören ebenfalls auf zu singen und schauen mich verwirrt an. „Ich meine, wenn er seinen Ernährungsplan völlig ändert."

„Wieso sollte er das tun?" Sophie schüttelt ihre langen Locken.

„Weil wir so jämmerliche Sänger sind, dass es sicher nicht mehr lange dauert, bis die Leute uns mit überreifen Tomaten und faulen Eiern bewerfen, um uns zum Schweigen zu bringen und zu vertreiben."

„Wenn wir so schlecht sind, dann bezahlen uns die Leute doch womöglich fürs Nichtsingen", gibt Leo zu bedenken.

„Das wäre ja wirklich leicht verdientes Geld, aber ich glaube, dass es leider nicht funktioniert. Wir müssen uns etwas anderes ausdenken."

„Aber wir haben doch keine Zeit. In drei Tagen müssen wir Herrn Christensen beweisen, dass wir für Marengo sorgen können. Andernfalls ..."

„Wir schaffen das schon, Pia."

„Und wie?“

„Das weiß ich auch noch nicht, aber wir lassen uns schon etwas einfallen. Ein bisschen Zeit haben wir ja noch.“

„Hey, schaut mal. Wir haben etwas verdient“, ruft Leo auf einmal breit grinsend. Sie greift nach dem Hut auf dem Boden.

„Wie viel?“ Sophie eilt zu ihr und schaut Leo über die Schulter in den Hut hinein.

„Drei Euro und vierzehn Cent.“

„Ist das alles?“ Sophie ist ganz enttäuscht.

„Nein.“ Leo langt in den Hut. „Außerdem haben wir hier noch ein Kaugummipapierchen und ... was ist denn das?“ Leo fischt ein zerknülltes Blatt aus dem Hut.

„Zeig mal her.“ Sophie reißt Leo den Zettel aus der Hand. Sie entknüllt ihn und liest vor.

GEHT NACH HAUSE MIT EUREM KATZENGEJAMMER!!!

„So eine Frechheit!“, empört sie sich dann, zerknüllt den Zettel wieder und schmeißt ihn in den Mülleimer am Straßenrand. „Wer war das?“ Sie schaut sich nach allen Seiten um.

„Ich glaube, dass es einer von den Jungs war, die hier vorhin in der Gruppe vorbeigelaufen sind“, sage ich, worauf Sophie ihren Kopf schüttelt.

„Pff! Lasst uns unser Zeug zusammenpacken und verschwinden. Hier weiß doch sowieso niemand unsere Kunst zu schätzen.“ Sophie schnappt sich ihre Jacke, die neben Leos und meiner auf dem Bürgersteig liegt, und marschiert geradewegs auf die einzige Eisdiele in der Stadt zu.

Nachdem wir es uns an einem Fenstertisch bequem gemacht haben, legt Leo erst einmal unser schwer verdientes Geld auf den Tisch.

„Und was machen wir jetzt?“ Ich starre die drei Euro und vierzehn Cent an.

„Jetzt stecken wir unsere Nasen in die Getränkekarte, hauen das ganze Geld auf den Kopf und überlegen uns dann, wie es weitergehen soll“, meint Sophie, während sie die Karte öffnet und drei paar Augen hineinstarren.

„Ich will einen Erdbeershake“, beende ich meine Suche.

„Ich auch.“

„Und ich einen Schokoshake.“ Leo schlägt die Karte zu.

„Da gibt es nur ein klitzekleines Problem. Unser Geld reicht nur für ein Shake.“

„Tja, dann teilen wir uns einfach einen“, schlägt Sophie vor. In diesem Augenblick kommt der Kellner an unseren Tisch.

„Was darf es sein, meine Damen?“

„Ein Vanilleshake“, sagt Sophie und schaut uns kurz abwechselnd an. Leo und ich nicken im Chor.

„Sonst noch was?“, will der Kellner wissen.

„Ja. Drei Strohhalme noch bitte.“

„Kommt sofort“, sagt der Kellner und verlässt unseren Tisch.

„Aaah“, seufze ich gequält. „Was sollen wir denn jetzt machen? In drei Tagen steht Herr Christensen auf der Matte, und wir haben außer der Unterbringung für Marengo immer noch nichts vorzuweisen.“

„Jetzt lass den Kopf nicht hängen. Uns fällt schon noch was ein“, meint Sophie, klingt jedoch selbst nicht sehr überzeugt von ihren Worten.

Während wir uns dann die Köpfe zerbrechen, wie wir Marengo aus dem ganzen Schlammassel noch retten können, kommt der Kellner wieder. Auf seinem Tablett stehen drei Shakes. Er stellt jeder von uns einen hin.

„Moment mal.“ Leo wird stutzig. „Wir haben doch aber nur ein Shake bestellt.“

„Die gehen auf den Herrn da drüben.“ Der Kellner deutet zur Tür. Sophie, Leo und ich schauen schnell neugierig hinüber. Und wen sehen wir? Herrn Christensen! Mit ernstem Gesicht nickt er uns kurz zu, stemmt die Tür auf und verschwindet.

„Was macht der denn hier?“, fragt Leo in die Runde.

„Hoffentlich hat er unser Gespräch gerade nicht mitbekommen.“ Ich schaue auf den Shake vor mir.

„Selbst wenn.“ Leo zuckt mit den Schultern. „Was sollte er tun? Wir haben noch drei Tage. In diesen kann sich ja alles regeln.“

„Leo hat recht“, meldet sich Sophie zu Wort.

„Wisst ihr was? Vielleicht sind wir das Ganze mit unserer Liste falsch angegangen“, meint Leo auf einmal.

„Wie meinst du das?“ Ich schaue sie neugierig an.

„Wir haben uns so die Köpfe zerbrochen, wie wir an Geld kommen könnten. Womöglich war das ja unser Fehler“, sagt Leo nachdenklich. „Wir sollten uns nicht überlegen, wie wir an Geld kommen könnten, sondern wie wir geldlos an die Leute kommen, die uns helfen könnten. So wie wir es mit der Unterkunft und Rolf gemacht haben.“

„Ja, aber Rolf ist dein Onkel. Und er liebt Marengo.“

„Wir sollten es trotzdem versuchen“, schlägt Sophie vor. „Schließlich haben wir nichts zu verlieren.“

„Das stimmt. Sagt mal, wie spät haben wir es?“

„Es ist genau 16:42 Uhr. Wieso?"

„Heute soll der Hufschmied zu Sören kommen. Ich glaube, er hat 17:00 Uhr gesagt."

„Du meinst, wir sollen mit ihm anfangen und fragen, ob er Marengo umsonst beschlagen würde?"

„Ein Versuch ist es doch wert. Das habt ihr doch gerade selbst gesagt."

„Na, dann nichts wie los." Leo springt von ihrem Stuhl auf. Sophie und ich tun es ihr gleich. Und ohne uns von dem Kellner zu verabschieden, stürmen wir aus der Eisdiele, schwingen uns auf unsere Fahrräder und düsen ab in Richtung Reiterhof.

Als wir auf dem Hof ankommen, ist es kurz nach siebzehn Uhr.

„Da steht noch der Golf vom Hufschmied. Das heißt, er ist noch hier."

„Und jemand anderes ist leider auch hier." Ich deute auf den Wagen direkt neben dem Golf.

Sophie und Leo schauen mich entgeistert an.

„Verdammt, was will der denn schon wieder hier?"

Ich zucke ratlos mit den Schultern, als Rolf zusammen mit Herrn Christensen aus dem Pferdestall spaziert kommt.

Während wir die beiden aus der Ferne beobachten, meint Sophie auf einmal: „Vielleicht ist er nur hier, um Marengo zu besuchen."

„Das glaubst du ja wohl selbst nicht." Leo zeigt ihr einen Vogel. „Der führt doch was im Schilde. Das rieche ich bis hier hin", erwidert sie und marschiert sicheren Schrittes auf Herrn Christensen zu. Sophie und ich folgen ihr.

Je näher wir Rolf und Herrn Christensen kommen, desto zittriger werden meine Knie. Meine Atmung ist ganz flach und ungefähr doppelt so schnell wie normal. Und trotzdem versuche ich so ruhig wie möglich zu bleiben und mir einzureden, dass Sophie womöglich recht hat und Herr Christensen nur hier ist, um Marengo zu besuchen. Blöderweise nehme ich es mir aber nicht so richtig ab.

„Was machen Sie denn schon wieder hier?", fragt Leo ohne Umschweife Herrn Christensen, als sie bei ihm ankommt.

„Was ist denn das für ein Ton?", will ihr Onkel von ihr wissen, bevor Herr Christensen auf Leos direkte Frage reagieren kann.

„Schon gut", beruhigt ihn Herr Christensen und schaut uns Mädchen abwechselnd an.

„Ich war gerade in der Nähe", fängt er dann an. „Ich habe meine Mutter besucht, und anschließend hatte ich ein wichtiges geschäftliches Treffen in der Stadt. Tja, und da dachte ich, ich schaue mal vorbei und frage, wie es läuft."

„Das hätten Sie doch vorhin in der Eisdiele tun können."

„Das brauchte ich nicht. Ich habe euch auch so gehört."

„Sie haben uns belauscht?" Sophies Augen funkeln Herr Christensen wütend an.

„Wir haben noch drei Tage", melde ich mich zusammenhangslos aus dem Hintergrund und mache einen Schritt vorwärts.

Herr Christensen schaut mir lange und ernst in die Augen.

„So war die Abmachung. Das ist richtig. Allerdings hat sich so einiges geändert. Ich nehme Marengo schon heute mit."

Was?! Ich fühle mich, als würde mir jemand den Boden unter den Füßen wegziehen.

„Aber wir hatten doch eine Abmachung!", ereifert sich Leo.

„Sie haben uns ihr Wort gegeben." Ich schaue Herrn Christensen direkt in die Augen.

„Es tut mir leid. Aber ihr habt doch selbst im Eiscafé gesagt, dass ihr noch nichts vorzuweisen habet. Es macht keinen Sinn. In den drei Tagen könnt ihr auch nichts mehr tun."

„Woher wollen Sie das denn wissen?", fragt Sophie.

„Ich wusste, dass wir dem Kerl nicht trauen können." Leo schüttelt unentwegt ihren blonden Schopf. „Wir hätten doch etwas Schriftliches verlangen sollen."

„Die Mädchen haben recht, Herr Christensen", mischt sich nun auch Rolf ein. „Sie haben den dreien zwei Wochen gegeben. Und die sind heute noch nicht um. Und dass sie nichts vorzuweisen haben, ist auch nicht ganz korrekt. Wie ich Ihnen bereits vorhin erzählt habe, ist für Marengos Unterkunft schon gesorgt."

„Und was ist mit dem Futter? Der Gaul kann nicht nur von Luft und Liebe leben."

„Auf meinem Reiterhof musste noch nie ein Pferd hungern", erwidert Rolf. „Und das wird Marengo auch nicht!", sagt er. Ich schaue ihn mit einem schwachen Lächeln und dicken Tränen in den Augen an. Das kann ich doch nicht annehmen, denke ich, als Rolf mir eine Hand auf die Schultern legt. „Als Gegenleistung dafür wollte Pia mir etwas auf dem Hof helfen", fügt er mit einem Augenzwinkern in meine Richtung hinzu. Ich nicke eifrig und wische mir schnell die Tränen aus den Augen, bevor sie sich doch noch ihren Weg nach draußen bahnen.

„Damit hätten wir erst die Unterbringung und die Sache mit dem Futter geklärt. Aber was ist mit den Arztkosten? Und wer bezahlt den Hufschmied und begleicht all die sonstigen Kosten, die anfallen? Wollen Sie das etwa auch tun?"

Rolf schaut kurz betrübt zu Boden, erhebt dann aber sofort wieder seinen Blick und meint: „Das kriegen wir auch noch irgendwie hin. Der Hufschmied ist ein guter Freund von mir. Er wird uns sicher einen Freundschaftspreis machen und nur die Materialkosten berechnen."

„Und die kann ich auch ganz sicher bezahlen!", werfe ich ein. „Von meinem Taschengeld."

„Vergiss nicht das Geld, das dir meine Eltern zahlen, dafür, dass du mir mit Aurora hilfst."

Ich nicke und schaue abwechselnd in all die Gesichter, die hier neben mir stehen und zusammen mit mir für Marengo kämpfen. Die ganze Situation ist so rührend, dass ich sofort anfangen könnte zu heulen.

„Wenn Sie wollen, können Sie unseren Hufschmied ja gleich selbst fragen." Rolf deutet zum Stall. „Sie haben ihn doch auch gerade im Pferdestall gesehen."

„Ich denke, das wird nicht nötig sein", erwidert Herr Christensen streng. „Meine Entscheidung steht fest." Er schaut auf seine goldene Armbanduhr. „In wenigen Minuten müsste auch mein Anhänger kommen."

„Das können Sie doch nicht machen. Das ist nicht fair!", rufe ich, während mir Tränen übers Gesicht laufen. Auch Leo und Sophie können es nicht fassen. Wie zwei wild gewordene Hühner schnattern und picken sie gleichzeitig auf Herrn Christensen ein. Ich verliere mich in dem Stimmengewirr, und mir wird ganz schwindelig.

„Was ist denn hier los?", meldet sich auf einmal eine tiefe Frauenstimme hinter uns. Sofort verstummen die Mädchen, und wie auf Kommando drehen wir uns alle um.

„Denastia?" Leo eilt zu der alten Frau und greift ihr unter den Arm.

„Hallo, Kinder." Sie kommt eiligen Schrittes auf uns zu, dabei mustert sie Herrn Christensen von oben bis unten. Dann wendet sie ihren Blick von ihm ab.

„Rolf", sie nickt ihm zur Begrüßung kurz zu. „Gibt es hier irgendein Problem?", fragt sie und fixiert dabei wieder Herrn Christensen mit dem gleichen Blick wie damals Leo im Wald, als sie so frech zu Denastia gewesen war.

„Dieser Mann da will einen unserer besten Freunde verwursten lassen", klärt Leo sie auf. „Und das nur, weil er in seinen Augen zu alt geworden ist."

„Ist das wahr, Konrad?"

Konrad?! Kennen sich die beiden etwa?

„Na ja, ich ...", druckst Herr Christensen herum und wirkt plötzlich ganz klein.

„Das gibt es doch nicht!" Denastia ist empört. „Ich bin auch nicht mehr die Jüngste. Muss ich mir jetzt etwa Sorgen machen, dass du irgendwann auf die kranke Idee kommst, mich ebenfalls verwursten zu lassen?"

„Ich bitte dich! Das Ganze geht dich doch wirklich nichts an. Misch dich da bitte nicht ein, Mutter."

Mutter?!? Ich schaue zwischen Denastia und Herrn Christensen hin und her.

„Sag mal, was machst du eigentlich hier?", will Herr Christensen dann von seiner Mutter wissen. „Wolltest du nicht im Wald Pilze sammeln?"

„Das wollte ich auch und will es immer noch, aber du hast deine Plätzchen vergessen, und ich wollte sie dir schnell bringen." Sie hält eine Tüte in die Höhe. Konrad – äh, ich meine Herr Christensen will nach der Tüte greifen. Doch Denastia zieht ihre Hand schnell zurück. Verwirrt schaut ihr Sohn sie an. „Du hast die Plätzchen nicht verdient. Ich bin schwer enttäuscht von dir, mein Junge. Schwer enttäuscht."

„Es tut mir leid, Mutter, aber – "

„Und mir erst. Zu was für einem Menschen habe ich dich da bloß erzogen?"

„Wir hatten eine Vereinbarung. Ja, und nun will Ihr Sohn sie nicht einhalten", schüttet Leo noch Benzin ins Feuer.

„Was für eine Vereinbarung?" hakt Denastia nach. Ich will ihr gerade davon erzählen, als sie mich plötzlich unterbricht. „Ich will es von meinem Sohn hören."

„Es war eine blöde Idee", fängt er an und winkt ab.

„Na los, mein Sohn! Erzähl mir von der blöden Idee."

„Meinetwegen." Genervt verdreht er die Augen. „Ich habe ihnen den Vorschlag unterbreitet, dass ich ihnen Marengo schenke, wenn sie mir innerhalb von zwei Wochen beweisen, dass sie für das Pferd aufkommen können."

„Und diese zwei Wochen sind noch nicht um. Und Sie wollen Marengo trotzdem schon heute mitnehmen", meint Leo, als ein großer Pferdetransporter auf den Hof fährt.

„Na endlich!" Herr Christensen atmet erleichtert auf, eilt zu dem Transporter und begrüßt den Fahrer, der eine Sekunde später auf der Fahrerseite aussteigt.

„Wir sind noch nicht fertig, mein Sohn." Denastias Zeigefinger schnellt in die Höhe.

„Oh doch. Das sind wir, Mutter. Ich bin kein kleines Kind mehr", meint Herr Christensen und läuft an uns vorbei in den Pferdestall. Kurz darauf kommt er mit Marengo im Schlepptau wieder heraus.

Als er mit dem Rappen an uns vorbeigeht, bleibt Marengo kurz bei mir stehen und beschnuppert mich. Ich lehne meinen Kopf gegen seinen Hals und fange an zu heulen. Marengo stupst mich tröstend an. Ich reiße mich von seinem Hals los und schaue in sein hübsches Pferdegesicht. Er schnaubt leise. Ohne auch nur einmal mit der Wimper zu zucken, zieht Herr Christensen Marengo auf einmal weiter.

Verzweifelt und machtlos schlage ich mir die Hände vors Gesicht. Dann höre ich nur noch die Laderampe des Transporters, die nach oben geklappt wird.

Als ich wieder die Hände vom Gesicht nehme, sehe ich, wie der Transporter samt Marengo langsam vom Hof fährt und Herr Christensen ihm in seinem dicken Mercedes folgt.

Machs gut, mein Liebling, denke ich, während mir die Tränen das Gesicht runterrinnen. Das war's dann wohl. Wir werden uns nie mehr wiedersehen. Ich breche zusammen, während Denastia wieder mal etwas vor sich hinnuschelt.

10. Kapitel, in dem passiert, was ich nicht mehr zu hoffen gewagt habe

„Pia. Pia, komm, steh wieder auf!“ Besorgt hocken Sophie und Leo neben mir, während Rolf mich von hinten an den Schultern packt und langsam wieder auf die Beine holt.

Gemeinsam bugsieren sie mich auf die selbst gezimmerte Holzbank neben dem Pferdestall.

„Soll ich deine Mutter anrufen und sie bitten, dich abzuholen?“, fragt Rolf traurig. Ich nicke nur.

„Gut. Ich bin gleich wieder da“, sagt er und verschwindet in Richtung seines Büros.

„Es tut mir so wahnsinnig leid, Mädchen.“ Denastia nimmt neben mir auf der Bank Platz und bietet jeder von uns einen Keks an. Halbherzig greife ich in die Tüte und fische einen Keks heraus. Doch statt ihn zu essen, halte ich ihn bloß zwischen meinen Fingern und starre auf ihn hinunter.

„Ich verstehe das Ganze nicht.“ Langsam zerbrösele ich den Keks. „Ich verstehe es einfach nicht. Was soll ich denn jetzt machen?“

„Du kannst nichts machen. Niemand von uns kann etwas machen. Marengo ist weg. Und er kommt nicht mehr wieder“, sagt Leo und fängt ebenfalls an zu flennen.

Als meine Mutter kurze Zeit später ankommt, bietet sich ihr folgendes Bild: Drei heulende Mädchen, die zusammengekauert auf einer Bank sitzen, von einer alten Dame mit Keksen versorgt werden, und ein hilfloser Reiterhofbesitzer, der daneben steht und nicht so recht weiß, was er machen soll.

„Guten Tag“, begrüßt meine Mutter kurz Denastia, bevor sie sich vor mich hinkniet und ihre Hände auf meine Knie legt. „Sollen wir nach Hause fahren, mein Liebling?“, fragt sie mich mitfühlend.

„Nein!“, antworten Sophie und Leo heulend und rücken noch ein Stückchen näher an mich heran. „Wir haben gerade schon jemanden gehen lassen müssen“, schluchzt Sophie leise. Meine Mutter legt ihren Kopf schief und streichelt tröstend Sophies und Leos Oberarme.

„Aber Pia ist doch nicht aus der Welt“, sagt sie, worauf wir wieder etwas lauter aufheulen. Denn in diesem Moment wird uns erneut bewusst, dass wir zwar noch da sind und auch hoffentlich noch lange da sein werden, Marengo aber bald nicht mehr. Und das bricht uns das Herz. Meine Mutter quetscht sich zwischen uns und umarmt uns alle. Schweigend sitzen wir eine Weile da. Immer wieder hält uns Denastia die Tüte mit den Keksen hin, die wir immer wieder nur aufs Neue ablehnen.

Ich kann jetzt beim besten Willen nichts essen. Wenn ich nur ans Essen denke, wird mir schon ganz schlecht. Überhaupt. Ich würde darauf ganz verzichten, wenn Marengo bloß wieder kommen würde. Dafür würde ich einfach auf alles verzichten, denke ich und lehne meinen Kopf gegen die Brust meiner Mutter. Plötzlich höre ich ein lautes Wiehern und donnernde Hufschläge. Wie auf Kommando höre ich auf zu flennen, löse mich von meiner Mutter und springe von der Bank auf. Leo, Sophie und die anderen schauen mich verwirrt an.

„Was hast du denn?“, wollen meine Freundinnen wissen. Ohne ein Wort zu sagen, setze ich langsam ein Bein vor das andere, den Blick auf den Fahrweg gerichtet.

Die Hufschläge werden immer lauter und lauter. Ich beschleunige meinen Schritt und gehe auf den Hofausgang zu.

„Pia, ist alles in Ordnung mit dir?“, höre ich meine Mutter fragen. Doch auch ihr gebe ich keine Antwort. Ich bin nämlich viel zu sehr damit beschäftigt, mit gespitzten Ohren in die Ferne zu schauen und mir zu überlegen, ob ich aus Trauer um Marengo jetzt total verrückt geworden bin.

Irre ich mich, oder – oder ist der schwarze Punkt dahinten tatsächlich – Nein! Das kann nicht sein. Oder?

„Marengo!“, rufe ich und renne los. Ich renne so schnell, wie ich noch nie in meinem Leben gerannt bin. Auch Marengo fegt in einem Affentempo über den sandigen Weg in meine Richtung – Hinter ihm eine dicke Staubwolke. Ich bleibe mit einem riesigen Grinsen im Gesicht stehen und lasse den Rest des Weges Marengo kommen. Je näher er mir kommt, desto langsamer wird er, bis er nur wenige Meter vor mir in einen gemütlichen Schritt fällt.

Überglücklich falle ich dem Rappen um den Hals, als er dann wenige Sekunden später endlich vor mir steht.

„Marengo“, hauche ich seinen Namen, während ich mein Gesicht in seinem Fell vergrabe. Ich atme ganz tief ein und sauge Marengos Geruch in mich ein.

Ich kann mein Glück kaum fassen. Wache ich oder träume ich? Falls das alles wirklich nur ein Traum sein sollte, dann will ich nie, nie wieder aufwachen.

„Pia!“, höre ich zig Stimmen meinen Namen hinter mir rufen. Ich drehe mich freudestrahlend um und blicke in sechs verwirrte Gesichter. Sophie, Leo, Denastia, Rolf und meine Mutter fangen an zu grinsen.

„Ist das wirklich Marengo?" Leo traut ihren Augen nicht. Zusammen mit Sophie setzt sie sich von den anderen ab und kommt auf uns zugelaufen.

„Er sieht aus wie Marengo. Er hört sich an wie Marengo. Er riecht wie Marengo und er fühlt sich auch an wie Marengo. Ja!", ich nicke heftig mit dem Kopf. „Ja, es ist tatsächlich Marengo", meine ich, als die beiden bei uns ankommen.

Sophie und Leo streicheln dem Wallach zärtlich über Geicht und Hals. Dann setzten wir uns samt Marengo in unserer Mitte in Bewegung und gehen gemütlich den anderen entgegen.

„Marengo, alter Kumpel." Rolf klopft ihm die Kruppe, als wir voreinander stehen. Marengo schnaubt leise und bewegt einmal seinen Kopf auf und ab. „Ja, mein Junge", lacht Rolf, und meine Mutter umfasst erleichtert meine Schultern. Ich lächle sie honigsüß an. Dann schaue ich Denastia an. Sie starrt in die Richtung, aus der Marengo gekommen ist. Ich drehe mich um und entdecke Herrn Christensens Mercedes hinter uns. Die Tür auf der Fahrerseite geht auf, und Herr Christensen steigt langsam aus. Er legt eine Hand auf das Dach seines Mercedes und schaut schwach lächelnd in unsere Richtung.

Denastia schüttelt bloß ihren Kopf, lächelt dann ebenfalls und geht auf ihren Sohn zu. Der empfängt sie mit einer herzlichen Umarmung. Nachdem sie sich wieder voneinander gelöst haben, reicht Denastia ihrem Sohn die Tüte mit den Plätzchen, die noch übrig sind. Sofort fischt er eins der Plätzchen aus der Tüte und beißt beherzt hinein. Noch bevor der Keks ganz aufgegessen ist, stehen die beiden bei uns.

„Sie haben es sich wirklich anders überlegt?"

„Sieht wohl so aus, oder?"

„Aber wieso denn auf einmal?"

„Na ja, ich wollte unbedingt die Plätzchen meiner Mutter." Er steckt sich das letzte Stückchen des süßen Gebäcks in den Mund. „Außerdem hatte ich einfach keine Lust mehr auf das ganze Theater!", fügt er kauend hinzu.

„Was für ein Theater?"

„Na, seit ich beschlossen habe, Marengo schlachten zu lassen, stand dauernd jemand vor meiner Tür. Ich hatte fast keinen ruhigen Tag mehr."

„Aber das war doch nur zweimal", entgegne ich.

„Ich bin zwar manchmal etwas begriffsstutzig, aber zählen kann ich noch. Ich hatte das Gefühl, dass mir in den letzten eineinhalb Wochen die ganze Stadt einen Besuch abgestattet hat. Jeden Tag, zu jeder Stunde war jemand anderes da. Und nicht nur Menschen wollten für Marengo vorsprechen. Auch Tiere. Ich weiß nicht mehr, wie viele Kinder mit ihren Pferden da waren. Doch das wäre nur halb so schlimm gewesen, hätten diese Pferde nicht jedes Mal eine Kleinigkeit hinterlassen. Jedes Mal, wenn ich einen Schritt aus meinem Haus gemacht habe, bin ich von einer Tretmine in die nächste gestolpert. Ich sage euch nur eins: Pferdeäpfel auf teuren Lederschuhen erfreuen nicht gerade mein Herz."

„Na, wenigstens haben sie eins", sage ich grinsend.

„Na, vielen Dank auch", entgegnet Herr Christensen. „Aber wisst ihr, was das Schlimmste war?" Sophie, Leo und ich schütteln unsere Köpfe. „Der Besuch einer ganz bestimmten Frau. Sie war nicht sehr groß, eine ganz zierliche Person. Auf der Nase eine Brille mit schwarzem Gestell. Sie hat mich wüst beschimpft."

„Die Brille? Oder die Frau“, witzelt Leo. Herr Christensen lächelt nur und erzählt dann weiter. „Die Frau hat geredet und geredet. Ohne Punkt und Komma. Ich habe versucht, ihr die Tür vor der Nase zu schließen, aber sie hat ihren Fuß in die Tür gestellt und einfach weitergeredet und geredet. Dann habe ich versucht, meine Ohren auf Durchzug zu schalten. Doch auch das hat nichts genützt. Na, jedenfalls, als sie dann irgendwann schließlich doch aufgehört hat zu reden und mich zu beschimpfen, hat sie mir eine Frage gestellt, die mich wirklich zum Nachdenken gebracht hat. Und kurz bevor ich Marengo vorhin eingeladen habe, hast du diese Frage noch mal wiederholt.“ Er schaut auf seine Mutter hinunter und lächelt sie sanft an. „Den ganzen Weg zum Metzger gingen mir diese Worte einfach nicht aus dem Kopf. Ich würde dich niemals abschreiben, Mutter, bloß weil du zu alt geworden bist. Hörst du? Ich habe dich lieb! Genau wie diesen Burschen hier.“ Er klopft Marengo den Hals. „Kannst du mir noch einmal verzeihen, Kumpel? Ich weiß wirklich nicht, was mich da geritten hat, als ich auf die hirnrissige Idee gekommen bin, dich an einen Metzger zu verkaufen. Ich weiß jetzt, dass du noch viele, viele gute Jahre vor dir hast. Und die wirst du mit Pia verbringen.“ Herr Christensen eilt zu seinem Auto und kommt mit einem Ordner in den Händen wieder. „Hier.“ Er hält mir den Ordner hin. „Das sind Marengos Papiere. Er gehört jetzt dir.“

„Wirklich mir?“ Ich kann es nicht fassen. Ich schaue zwischen Leo und Sophie hin und her. Die beiden strahlen mich an. Mit zittrigen Fingern greife ich nach dem Ordner, umklammere ihn und drücke ihn ganz fest an meine Brust. „Du gehörst mir.“ Ich schaue Marengo mit feuchten Augen an. „Jetzt kann uns niemand mehr trennen. Wir gehören für immer zusammen.“

„Vielen, vielen Dank!“, sage ich zu Herrn Christensen und die Worte kommen mir so klein vor im Vergleich zu dem großen Geschenk, das mir Herr Christensen gerade gemacht hat. „Wie kann ich es ihnen bloß danken?“

„Kümmere dich gut um Marengo. Moment! Da fällt mir etwas ein. Du könntest vielleicht doch etwas tun. Sag den ganzen Leuten, dass sie mich in Frieden lassen sollen. Und vergiss ja nicht diese Frau. Ich glaube, die hatte nicht mehr alle Tassen im Schrank.“ Er schüttelt seinen Kopf. „Da hat die mich zum Schluss doch tatsächlich noch gefragt, ob ich vielleicht Kirschbrause für sie hätte. Sie müsste ihre Nerven beruhigen“, erinnert er sich.

Ich verkneife mir das Lachen und schaue zu meiner Mutter hinüber, die mich schon vor einer Weile losgelassen hat und nun versucht, sich unauffällig hinter Marengo zu verstecken.

„Sah sie vielleicht so aus?“ Ich schnappe mir die Hand meiner Mutter und ziehe sie wieder in den Vordergrund.

„Du kleine Petze!“, zischt sie mir zu und setzt dann ein ganz unschuldiges Lächeln auf.

„Ja! Ja, das ist die Verrückte.“

„Darf ich vorstellen? Meine Mutter.“

„Das Ganze tut mir wirklich wahnsinnig leid“, sagt meine Mutter etwas schüchtern in Herr Christensen Richtung. Dabei knetet sie nervös ihre Finger und wünscht sich gerade wahrscheinlich eine Tonne Kirschbrause her. Herr Christensen schaut meine Mutter sichtlich überrascht an.

„Das ist deine Mutter?“ Er schaut zwischen uns beiden hin und her.

„Die beste der Welt!“ grinse ich übers ganze Gesicht.